I0613884

ROBERT 1977

BIBLIOTHÈQUE PARISIENNE

LÉON GOZLAN

LE CAPITAINE

MAUBERT

NEUVIÈME VOLUME DE LA COLLECTION

PARIS

C. VANIER, LIBRAIRE-ÉDITEUR
19, RUE LAMARTINE, 19

LA HAYE

LIBRAIRIE NATIONALE ET ÉTRANGÈRE DE BÉLINFANTE FRÈRES

—

1866

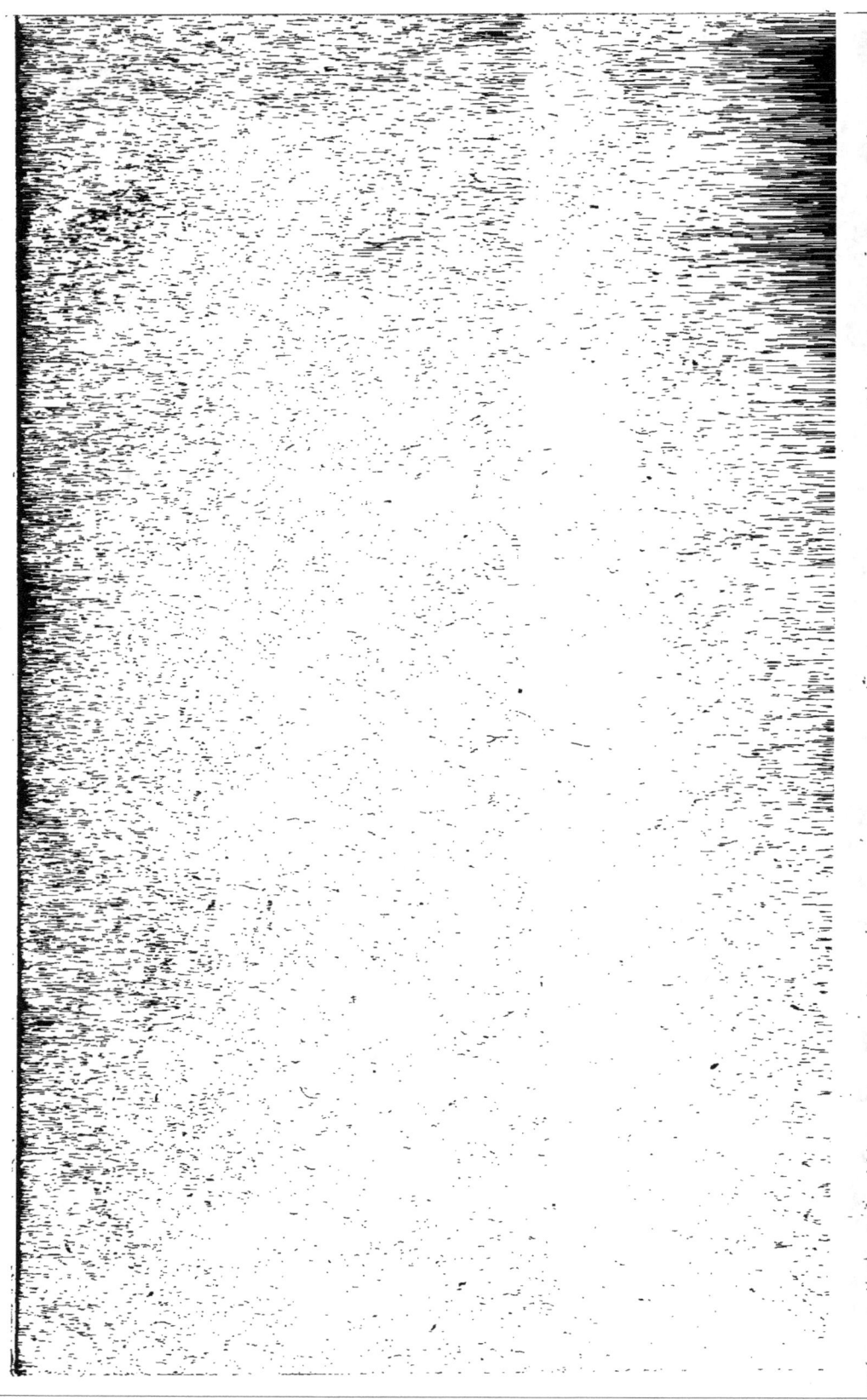

LE CAPITAINE

MAUBERT

LE MANS. — TYPOGRAPHIE A. LOGER, C.-J. BOULAY ET Ce.

LE CAPITAINE

MAUBERT

PAR

 LÉON GOZLAN

PARIS

C. VANIER, LIBRAIRE-ÉDITEUR

19, RUE LAMARTINE, 19

LA HAYE
LIBRAIRIE NATIONALE ET ÉTRANGÈRE DE BÉLINFANTE FRÈRES

1866

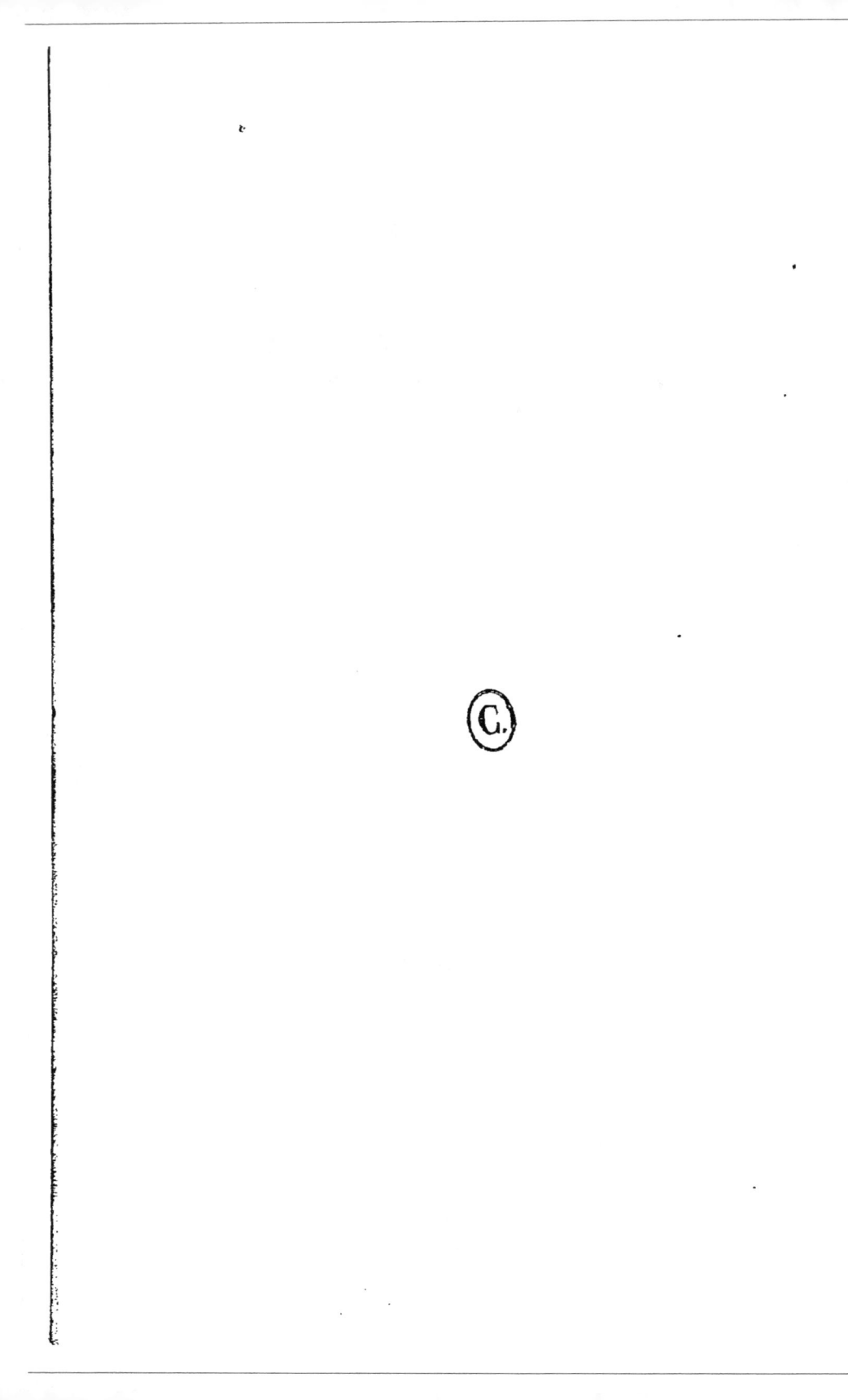

C.

LE CAPITAINE

MAUBERT

I

LA MAISON DANS LE BOIS.

Les petites localités champêtres semées autour
de Paris ont joui, de tout temps, du privilége
plus ou moins réel d'offrir des résidences écono-
miques aux familles peu aisées. Quelques années
avant la Révolution, beaucoup de gentilshommes
qui avaient perdu leur fortune, ou qui n'en
avaient jamais eu, se retiraient à Saint-Mandé,
joli village bâti à la lisière du bois de Vincennes,
et se prolongeant du côté de Charenton. Si Saint-
Mandé ne présentait pas alors, comme aujour-
d'hui, ces jolis groupes d'habitations moitié
urbaines, moitié rurales, s'ouvrant d'un côté sur

la rue, et sur des rues avec pavé, réverbères et numéros, de l'autre sur le bois de Vincennes; s'il ne possédait pas encore une avenue d'une beauté, d'une régularité, d'une élégance tout à fait américaines, digne de rivaliser avec quelques quartiers de New-York et de Philadelphie; longues rangées de maisons élevées derrière une longue rangée d'arbres, arbres odoriférants, tilleuls qui embaument le ciel, la terre et l'air vers la fin du printemps, maisons qui ressemblent à de petits palais; si Saint-Mandé n'était pas si joli, il était beaucoup plus sauvage. Le bois de Vincennes le retenait et l'enveloppait en plus d'un endroit; avant d'y arriver, on avait à traverser des portions assez considérables de terrain planté de chênes et d'ormes. L'hiver, il n'était pas prudent de se laisser attarder loin de sa maison, si l'on ne voulait donner aucune inquiétude à ses enfants et à ses serviteurs. Quoique Vincennes élevât toujours au milieu de la brume ses tourelles pleines de poudre, son donjon rempli de fusils, on parlait souvent d'assassinats commis aux environs : la peur en grossissait le nombre. On n'était pas fâché, au fond, d'avoir cette peur qui rend si doux, si étroit, si complet le bonheur de se réunir l'hiver autour

de la cheminée, quand on est sûr que la porte de
la maison est fermée, que la grille l'est aussi, et
que les croisées basses sont barricadées comme
pour soutenir un siége.

Au nombre des familles peu riches retirées à
Saint-Mandé vers 1788, deux occupaient le même
enclos, tout à fait à l'extrémité du bourg tel qu'il
est bâti maintenant : c'est-à-dire que la propriété
commune aux deux familles se trouvait alors en
plein bois, et que les lièvres du roi venaient, en
compagnie des chevreuils, brouter le potager,
malgré les haies et les fossés.

Quoique les Cramayenne et les Rétal vécussent,
pour ainsi dire, sous la même clef, ils n'en occupaient pas moins deux terrains différents, deux
maisons distinctes, et les deux chefs de famille
savaient, à un arbre près, ce qui appartenait à
l'un et ce qui était le bien de l'autre. A l'époque
des moissons ou à celle des vendanges, les enfants
du comte de Cramayenne et ceux du marquis de
Rétal pouvaient se confondre dans les sillons :
toutefois, l'épi et la grappe allaient sans erreur à
leur destination distincte. Réduits à vivre de leurs
revenus, les deux établissements avaient besoin
pourtant de s'associer quelquefois; mais alors,
c'était dans un esprit d'ordre et d'économie.

Ainsi, pour garder la double propriété, ils n'avaient qu'un chien, un incommensurable lévrier, qui, à la vérité, pouvait compter pour deux; ils n'avaient qu'un four, car dans beaucoup de familles le pain se faisait à la maison, à cette époque où le prix du blé subissait dans les campagnes des variations si monstrueuses, que les gens sans précaution étaient toujours à la veille d'une famine; la même carriole de sapin orange servait à conduire à la ville, à tour de rôle, les jours de gala, tantôt les Rétal et tantôt les Cramayenne, et ce jour-là on enlevait aux panneaux les armes de ceux-ci pour placer les armes de ceux-là. Soumis à une destination complexe ainsi que le lévrier, le four et la carriole, un même domestique endossait alternativement la livrée verte de Cramayenne et la livrée bleue des Rétal, touchant pour cette double représentation deux gages, dont l'importance ne se mesurait pas à l'activité de son personnage. D'autres choses plus triviales, s'il en est aux yeux des gens économes, tombaient dans cette communauté qui n'était pas, on se tromperait si on le croyait, abandonnée à l'arbitraire de la générosité personnelle. Tel jour on salait les viandes destinées aux provisions d'hiver, et chacun apportait en nombre

égal ses quartiers de bœuf et ses planches de lard ;
à la fin de l'automne on faisait des confitures dans
un même bassin de cuivre et au même feu, et les
trois grandes lessives de l'année se pratiquaient
aux frais des deux maisons. De là résultait pour
elles une réduction notable dans les dépenses,
qu'elles auraient pu rendre encore beaucoup plus
légères, si elles n'avaient pas été arrêtées par des
préjugées dont la ténuité nous échappe. Qui sait
ce que les Cramayenne reprochaient à la noblesse
des Rétal? Qui peut dire jusqu'à quel point les
Rétal estimaient la haute et vieille origine que
les Cramayenne donnaient à leur race? On ne sait
pas, de nos jours, la valeur de toutes ces sourdes
antipathies fondées sur des causes qui n'existent
plus, si ce n'est pour quelques milliers de personnes perdues au milieu d'une nation peu sou-
cieuse de généalogie, de blason et de titres.

Un caractère particulier de la petite noblesse
française était la fécondité; ressemblant à la
bourgeoisie par le côté des vertus privées, elle
s'entourait comme elle de beaucoup d'enfants.
C'était sa joie, mais c'était aussi sa charge. Comment envisager, sans passer la main dans les
cheveux, tant de garçons et tant de filles qu'il
faut élever, instruire, doter, marier? Marier!

mot grave, auquel l'État ne savait répondre, pour venir en aide aux sujets, que par les couvents et les monastères. Affreuse imprévoyance, celle de laisser croître démesurément une population, pour n'avoir plus d'autre moyen de l'arrêter que de l'emprisonner, l'étouffer ; que de tuer une fille et un garçon par famille !

Ni la famille des Cramayenne ni celle des Rétal n'avaient échappé à cette espèce de loi commune. Impossible de dire au juste ce qu'elles comptaient d'enfants ; quand, l'été, les deux familles étaient réunies sous les arbres, au milieu de la campagne, on en voyait poindre de tous les côtés, et de tous les âges de la jeunesse, et de toutes les nuances. Ceux-ci jouaient dans les blés avec Fly (1), le lévrier gigantesque ; plus loin, d'autres grimpaient le long d'un pommier, avec leur grosse tête blonde, dont les cheveux se prenaient aux basses branches ; d'autres se donnaient le plaisir de se traîner dans un vieux panier, pour faire croire à leur mère que ce n'était pas avec le fond de leurs pantalons qu'ils ratissaient la terre. Ces cris dans le fond d'un buisson, c'étaient

(1) Aucun de nos lecteurs n'ignore sans doute que le mot Fly signifie mouche en anglais, et se prononce Flaï.

encore des enfants qui prétendaient avoir trouvé
un nid d'oiseaux, là où, en vérité, des araignées
n'auraient pas voulu s'installer, tant les petits
démons y venaient souvent s'ébattre. Dieu seul
pouvait distinguer dans ce pêle-mêle de cha-
peaux de paille froissés, de petites chemises
blanches en lambeaux, de ceintures déchirées, de
joues brunies, d'yeux pétillants de santé, ce qui
était petite fille et ce qui était petit garçon.

Parmi ces enfants, deux venaient de perdre ce
nom. L'un était le fils du comte de Cramayenne,
l'autre la fille du marquis de Rétal. Francis était
venu passer son temps de vacances à Saint-
Mandé, auprès de ses parents, et se reposer de
ses travaux classiques, plus rudes que les autres
années, car il avait eu à subir ses derniers examens de théologie au collége d'Harcourt. La
pâleur de ses veilles faisait déjà place à une
vigoureuse teinte de santé au milieu de la belle
nature d'automne. Plus de livres, plus de leçons,
plus de fatigues pendant deux grands mois. Les
seuls vers qu'il aimait à se rappeler étaient ceux
de Racine, et ce n'était pas sans un frisson heureux qu'il les redisait en courant dans les allées
de Vincennes, ou mentalement, quand il était
assis à côté de Constance de Rétal, près du perron,

sous les touffes de chèvrefeuille et de lierre qui
tombaient en cascade, espèce de Niagara de ver-
dure, du vieux mur de la maison. Le jeune
Cramayenne touchait à cette heure de transfor-
mation qui s'opère à dix-huit ans, pour l'âme
comme pour le corps. Ses cheveux bruns, que
l'usage barbare de la poudre n'avait pas encore
salis et qu'il ne devait pas souiller, car il allait
se faire d'étranges modes dans quelque temps,
s'écartaient avec douceur sur son front humble
par l'étude sévère et la réflexion, mais hardi et
fort de structure, annonçant l'homme tel qu'il
serait un jour. Cette saillie prononcée poussait
un peu ses yeux dans le fond de la tête, et donnait à son regard la défiance qui n'était pas dans
son caractère ; ses lèvres, légèrement ouvertes,
exprimaient la franchise, empreinte d'ailleurs
sur tout son visage, qui sortait, pour ainsi dire,
de sa coque verte, de sa première enveloppe.
Tous ses traits participaient à ce travail d'éclo-
sion, qui se manifeste à cet âge de la vie par
un renflement sensible à l'arête des os, au con-
tour des muscles, et sous le tissu même de
la peau. Si l'on ne pouvait guère assurer que
Francis de Cramayenne serait un jour un bel
homme, dans l'acception du mot, il était facile

pourtant de découvrir en lui les éléments d'une nature solide, à l'évasement de la taille, à l'arc des épaules, et à certain équilibre, sans lequel il n'y a ni grâce ni force dans le corps. On jugeait encore que son développement n'était pas atteint, aux nœuds qu'offraient ses doigts, à l'endroit des articulations et à la grosseur de ses genoux, dernière particularité qui ne pouvait guère échapper à l'attention dans un siècle où l'on ne portait pas encore ces utiles fourreaux qu'on appelle pantalons.

Un soir, entre autres, Francis et Constance rentraient à la maison, après une chaude journée passée en partie dans le bois de Vincennes, qui n'était pas fréquenté, comme aujourd'hui, par tant d'artilleurs et de bonnes d'enfants : deux fléaux qui se suivent et ne paraissent jamais l'un sans l'autre; un soir donc qu'ils rentraient avec leurs pères, leurs mères, leurs frères, leurs sœurs, toute la couvée, ils se laissaient devancer, peut-être sans le vouloir, peut-être sans en être fâchés ni l'un ni l'autre. Ils restaient toujours un peu plus en arrière, ne perdant point de vue, cependant, leurs deux familles, ayant constamment la bonne volonté de les joindre, mais ne le faisant pas trop vite, à cause de la facilité de les rallier à loisir, puisqu'ils distinguaient sans peine, quoique la distance s'agrandit devant eux, et le son des voix et la couleur des habits entre le feuillage, quand il s'écartait.

De quoi causaient-ils, de quoi riaient-ils tant tous les deux? tout simplement de la contrariété que leur causait la piqûre des cousins; moucherons incommodes qui, en automne, circulent par torrents dans le bois de Vincennes, jusqu'à ce que le soleil ait cessé d'être sur l'horizon. On se croirait en Afrique, et le cousin s'y croit aussi, car il bourdonne, pique, s'acharne, dévore comme en Afrique. Constance montrait à Francis ses joues marbrées de rougeurs; Francis montrait à Constance ses mains; ils se plaignaient ironiquement, se frottaient avec des herbes qui avaient la vertu de n'en avoir aucune, et tous ces riens charmants allongeaient le chemin qu'ils reprenaient, en agitant à droite et à gauche leurs mouchoirs, afin d'écarter le contact des insectes importuns.

Pour que Constance eût moins à souffrir, Francis lui proposa de lui envelopper la tête dans un mouchoir jusqu'à la sortie du bois. Elle y consentit en riant, et avec le foulard de soie qu'elle tenait, elle voila sa tête et son visage.

Deux nœuds flottants l'arrêtèrent à son cou. Elle tendit ensuite la main à Francis pour qu'il la conduisît.

Une de ces routes en équerre, qui égarent si souvent le promeneur inexpérimenté, se présenta à Francis, et il la prit, quoiqu'il n'ignorât pas qu'elle fût la plus détournée, et par conséquent la plus longue.

Il avait passé le bras de Constance sous le sien.

Si Constance eût réfléchi un seul instant, elle se serait aperçue de l'erreur; car au lieu d'avoir le soleil à sa droite; elle lui tournait le dos maintenant. Peut-être attribua-t-elle l'obscurité dont elle dut être frappée au voile étendu sur ses yeux. Cependant le temps lui paraissait long, et calculant qu'elle était fort près de Saint-Mandé lorsque Francis s'était chargé de la conduire, elle s'arrêta, dénoua promptement le mouchoir, et regarda autour d'elle avec anxiété : « Où sommes-nous! s'écria-t-elle; vous vous êtes trompé de chemin. » Francis, adossé contre un arbre, ne répondait pas; il n'osait parler de peur de mentir; il n'osait regarder Constance de peur de laisser voir son trouble.

— Venez, lui dit-elle, c'est par ici le chemin.

— Je le sais bien, répliqua Francis en la suivant; mais, Constance, j'avais quelque chose à vous dire.

Comme ils n'étaient pas fort loin de la sortie du bois, malgré l'écart qu'ils avaient fait, ils arrivèrent presqu'en même temps que leurs familles à l'habitation de Saint-Mandé.

II

LES DEUX CONFIDENCES.

La nuit qui suivit fut d'une sérénité ravissante. Constance en passa une grande partie à la croisée pour découvrir, à la lumière si douce et si égale de la lune, l'endroit de la forêt où elle et Francis s'étaient égarés dans la journée. Les heures s'écoulaient, et elle ne se lassait pas d'attacher son regard sur un bouquet d'arbres d'un vert mélancolique. C'est sous ces arbres qu'elle avait entendu ces mots : « Constance, j'avais quelque chose à vous dire. »

Constance avait, à ce doux moment de sa vie, seize ans, âge un peu trop déprécié depuis que les femmes ont indéfiniment reculé les limites des tendres erreurs. On aurait bien dû cependant ne pas leur sacrifier entièrement ce qu'on appelait, avant cette Révolution dont tout n'est

pas à blâmer, l'âge des amours, le printemps de
la vie, expressions surannées sans doute, mais
s'appliquant à une chose qui ne vieillira jamais,
la jeunesse. Qu'y a-t-il de plus vieux que les
roses, le lis, l'innocence, le premier amour, le
premier baiser? Indulgence donc pour tout cela!
usons de générosité envers ces vieilleries auxquelles nous avons cru, et auxquelles on croira
encore longtemps après nous. C'est un tort de
n'avoir pas tout de suite trente ans, mais quel
grade bien mérité ne s'acquiert pas avec les
années? Les grands maréchaux du sexe ont
commencé par être conscrits.

Constance avait seize ans; on aurait à coup sûr,
trouvé mieux pour représenter l'époque fleurie
à laquelle elle touchait; car elle n'était ni frêle,
ni blonde, ni délicate. Sa taille cependant était
flexible, son cou dégagé portait une tête du plus
beau type créole. Sur ses lèvres épaisses, et ren-
versées comme les bords roses et veloutés d'un
champignon des bois, se peignait l'éclair bleuâ-
tre d'un duvet gracieusement viril; ni aquilin
ni relevé, son nez un peu fort avait l'épatement
des races du Nord. Là où elle était belle et digne
d'exercer la plume de l'écrivain, c'était à la partie supérieure du visage : quand son regard doux

lançait une étincelle lumineuse, il en restait longtemps le souvenir dans la mémoire. Le blanc de ses yeux était doré, par on ne sait quel mélange du sang, qui se remarque chez quelques femmes douées d'une grande beauté. Ses cheveux étaient d'un noir qu'il ne faut comparer à rien ; car chaque belle chevelure noire ou blonde a son ondulation, son velouté, son caractère, qui ne se reproduisent jamais sur une autre tête. Le teint de Constance n'était pas beau, excepté pourtant pour les peintres. Il était chaud, brun, et parfois d'un sombre métallique, quand quelque peine troublait sa santé, bonne mais inégale. Elle avait de fort jolies mains ; rien n'était charmant, tout le monde en convenait, comme de la voir occupée à croiser le grand cachemire blanc de sa mère, lorsque l'hiver elle s'en enveloppait auprès de la cheminée.

Madame de Rétal, qui n'avait pris ce nom qu'en devenant la femme de M. de Rétal, son second mari, ne portait aucun attachement à sa fille aînée, Constance, son unique enfant du premier lit. Deux causes, l'une assez romanesque, l'autre fondée sur l'intérêt, produisaient chez elle cet éloignement. Constance avait été mise en nourrice fort loin de Paris, dans un hameau de la Picardie, où sa mère n'était allée la voir.

qu'au bout de deux ans et demi, et par suite d'une circonstance tragique. Le feu ayant, une nuit d'hiver, dévoré le hameau, la nourrice et une petite fille qu'elle avait du même âge que l'enfant de madame de Rétal périrent étouffées dans les flammes. Quand madame de Rétal, avertie du malheur par le curé de l'endroit, se fut rendue dans la chaumière à demi consumée, elle n'y trouva qu'une femme étrangère, berçant un enfant brûlé au visage et aux mains, presque défiguré. Cette petite fille était-elle bien la sienne? n'était-elle pas celle de la nourrice? tel fut le doute soudain dont elle fut saisie en ne rencontrant auprès d'elle, au milieu des cendres, aucune personne en position de lui dire la vérité sur ce point. Les gens consultés par elle avaient toujours entendu la nourrice donner le même nom d'amitié à l'une et à l'autre enfant; son mari, d'ailleurs, était si dûr, si sauvage, qu'ils osaient rarement venir la voir. En emportant sa fille avec elle, madame de Rétal resta dans la même obscurité.

Une bonne mère n'aurait pas connu cette anxiété, car elle ne serait jamais demeurée deux ans sans aller voir son enfant.

Élevée au couvent, Constance éprouva, en recevant une éducation étroite et solitaire, les premiers effets de l'indifférence maternelle. D'autres chagrins lui étaient réservés. Madame de Rétal devait sa position nouvelle à son second mari. S'il n'était pas riche, il possédait du moins une aisance suffisante, et les enfants qu'elle avait de lui fondaient des espérances certaines sur les parents de sa branche. Les frères de M. de Rétal, tous riches, presque tous célibataires, ne comptaient d'autres héritiers que leurs neveux. Il ne s'agissait que d'attendre avec patience la mort de ces oncles opulents. Jusque-là, on vivait modestement à la campagne. Ainsi, tous les enfants de madame de Rétal, excepté Constance, ne craignaient rien de l'avenir. Constance seule, quoique l'aînée de la famille, n'avait pour espoir que le mariage : mais qui voulait, à cette époque ambitieuse, d'une fille pauvre? qui serait allé la chercher, pour ainsi dire, au milieu des bois?

Toutes ces considérations mettaient fort à l'aise madame de Rétal pour faire à sa fille la confidence qu'elle lui ménageait depuis des années. Le moment lui parut enfin arrivé d'ouvrir cet entretien sérieux. Un matin elle appela Constance et s'enferma avec elle.

Peu de jours avant cette entrevue, Francis avait appris les intentions de son père sur lui.

Destiné par sa naissance et par son titre d'aîné à embrasser la profession des armes, il irait en étudier les éléments à l'école militaire de Bapaume; au bout de deux ans, il entrerait au service du roi dans quelque régiment. Cette détermination ne blessait en rien les goûts du jeune Cramayenne. D'un esprit méditatif, il entrevoyait déjà l'arme à laquelle il se vouerait de préférence : c'était le génie, beau côté de la guerre, sa face la plus intelligente. Il serait de ceux qui ouvrent aux armées des routes à travers les rochers, jettent en une nuit sur un fleuve rapide des ponts que n'écrasent ni les chevaux ni les canons, et qui disent, à une minute près, le moment où s'écrouleront les murs d'une forteresse perdue dans les nuages. Ils sont le cerveau de l'armée; ils triomphent, et leurs doigts ne sont jamais tachés que par l'encre. Dès que son père lui eut révélé ses intentions, Francis n'eut plus d'autre pensée que d'en faire part à Constance. Ne serait-ce pas, pensait-il, l'occasion que je cherche depuis deux mois, le motif bien simple et bien naturel de lui dire combien je vis dans l'espoir de demander un jour sa main, si véritablement elle m'aime ? Il doutait qu'elle l'aimât ! Rien ne lui donnait cette conviction. Et

pourtant elle évitait, depuis l'après-midi passée
avec lui au bois de Vincennes, toute promenade
loin de la maison; elle refusait constamment de
l'accompagner sur l'épinette quand il exécutait
sur la flûte quelque morceau de la musique,
alors si à la mode, du célèbre chevalier Gluck;
elle s'était aperçue qu'elle tremblait en l'accom-
pagnant, et qu'il passait toujours quelques notes
dans les endroits pathétiques.

Constance avait mis, toutefois, de côté cette
réserve excessive depuis son entretien secret
avec sa mère. Pour peu que Francis eût cherché
à la retenir près de lui dans les rares occasions
où leurs parents les laissaient seul à seul, elle y
aurait maintenant consenti volontiers. Sa position était changée : auparavant, elle ne pouvait
que s'exposer à entendre de la bouche d'un jeune
homme des paroles dont elle pressentait tacite-
ment et avec une intelligente pudeur la signification; à présent, elle apportait elle-même le
prétexte d'une entrevue nécessaire, décisive.
Francis l'écouterait, et n'aurait ni le temps ni la
volonté de penser à lui, en recevant la confidence que Constance cherchait à lui faire, loin
des oreilles indiscrètes des enfants, si terribles à
toutes les époques; loin des yeux des domesti-

ques, si vertueux toutes les fois qu'il s'agit de dénoncer. Mais quelque envie qu'ils eussent l'un et l'autre de se rencontrer quelque part dans l'ombre, ils ne parvenaient pas à se trouver dix minutes ensemble; et cependant s'écoulait la dernière semaine qu'ils devaient encore passer à Saint-Mandé avant de rentrer; elle au couvent des Sœurs-Grises de la rue du Temple, lui, avant de partir pour l'école militaire de Bapaume, où décidément il se rendait.

Tout conspirait contre eux. Un jour les gros orages d'automne rendaient impraticable le petit sentier sablonneux tracé entre les deux propriétés. Le lendemain, c'était la visite d'un ami de Paris, qui dévorait les heures où une famille avait l'habitude de se rendre chez l'autre : nouvelle journée perdue! Si, le lendemain, les Cramayenne et les Rétal avaient arrêté de dîner ensemble, le dîner empiétait tant sur la nuit, qu'en se levant de table on allait se coucher. Enfin, la semaine était sur le point de finir sans que le hasard eût favorisé une seule fois ces deux enfants, si tourmentés tous les deux de se dire, l'un le secret de sa peine, l'autre celui de son bonheur.

Il ne leur restait plus pour se voir que la soirée du dimanche au lundi.

III

FLY.

De fondation, lorsqu'il faisait beau l'été, les deux familles allaient pas à pas, après le souper, car on soupait alors, — la Révolution a proscrit un repas qui n'est plus revenu, — de Saint-Mandé à Vincennes à travers le bois, et l'on s'arrêtait chez M. le gouverneur du château, non pas dans le fort même, c'eût été contre l'ordonnance qui régit la matière, mais dans un petit pavillon extérieur où il invitait ses voisins, qui étaient un peu ses sujets, à prendre des rafraîchissements.

Francis et Constance, chacun à part, fondaient un grand espoir sur cette promenade nocturne à l'air libre.

Les deux familles réunies soupèrent comme de coutume dans la salle verte, pièce d'été, dont

1*

les croisées s'alignaient sur la cour, cette cour assombrie et rafraîchie par de si beaux lierres ; mais après le café, luxe qui commençait à devenir une des nécessités de la petite noblesse, sans être encore passé dans les mœurs bourgeoises, au lieu de se lever et de donner le signal de départ pour la promenade à Vincennes, le marquis de Rétal, — c'est chez lui qu'on avait soupé, — proposa au comte de Cramayenne une partie de dames. Une partie de dames ! Les deux jeunes gens frémirent. Tout le monde savait, mais eux seuls savaient mieux que tout le monde, ce que signifiait cette terrible proposition. Une partie de dames voulait dire huit, douze, vingt parties de dames ; cela ne représentait pas une heure de martyre — car on va voir que c'était un martyre pour les assistants — mais la moitié, quelquefois les trois quarts de la nuit.

On apporta le damier ; on le plaça à l'endroit où était la table, et à peu de distance de la croisée, qui resta ouverte ; quatre flambeaux furent posés sur la table. Il était sept heures environ. Il n'existait pas de rivalité plus acharnée que celle de ces deux hommes lorsqu'ils étaient face à face devant un damier ; ils ne se connaissaient plus ; leur ancienne amitié, leur intimité de voisinage, dispa-

raissaient et faisaient place à tout un système de
diplomatie, qui commençait par des politesses
infinies et qui finissaient par des coups de canon.
Évidemment plus fort au jeu de dames que son
antagoniste, et d'un naturel plus conciliant,
M. de Cramayenne avait un étrange duel à soutenir contre le marquis de Rétal dès que ces
sortes de rencontres s'engageaient. Suppléant à
l'habilité qui lui manquait par de la fanfaronnade
et de la colère, M. de Rétal, qui comptait
toujours sur une revanche éclatante, mais toujours en retard, comme toutes les revanches
éclatantes, voulait, exigeait que les deux familles, trop convaincues de son infériorité, fussent
témoins de son triomphe. Jusqu'aux enfants,
jusqu'aux malheureux enfants, étaient obligés
d'assister au triomphe de M. de Rétal, et d'entrer dans la joie de son succès. Malheur à qui
bâillait! malheur à qui parlait tout bas! malheur
à qui faisait le mouvement de se lever pour sortir! C'était ce que, dans la famille, on nommait
le quart d'heure de Néron.

On s'assit donc autour de la table qui formait
le cercle, et laissait, entre elle et le mur de la
croisée, un intervalle de la largeur de quelques
pieds. Là venait se coucher Fly, le lévrier, à qui

la facilité était ainsi ménagée de sauter par la croisée quand la partie l'ennuyait. Parmi ces pauvres victimes d'une inquisition dioclétienne, combien n'auraient pas voulu, en pareille circonstance, être Fly !

La partie commença : on fit silence.

Les deux jeunes gens se regardèrent et soupirèrent avec leurs yeux.

Quelque effrayé que fût M. de Cramayenne des conséquences d'une partie perdue sur l'esprit de M. de Rétal, sa terreur n'allait jamais pourtant jusqu'à la lui faire gagner volontairement. Il tremblait, mais il gagnait ; aussi gagna-t-il au bout d'une demi-heure la première partie ; mais il fut universellement convenu qu'il ne devait sa victoire qu'à la clarté importune d'une bougie placée trop près des yeux de M. de Rétal, dont le sourire ironique n'annonçait rien de bon.

Au milieu de la troisième partie, M. de Cramayenne annonça un coup de quatre.

— Un coup de quatre ! s'écria M. de Rétal, en fermant les poings.

— Oui, monsieur le marquis, un coup de quatre.

— Mais je ne vois pas.

— Il est pourtant aussi visible qu'inévitable.

— Inévitable, dites-vous !

La figure de M. de Rétal exprima une telle indignation, que les deux familles tremblèrent de terreur. L'ouragan s'élargissait.

— En effet, se reprit-il, vous m'en prenez quatre. Quatre pions ! c'est à ne pas y croire ! Et il donna un si violent coup de pied à Fly, qui dormait sous la table, que le chien, interrompu dans son sommeil, poussa un sourd gémissement.

Ici, il est de rigueur de rappeler que toutes les fois que M. de Rétal était en mauvaise humeur de jeu, il entamait sur le compte de l'infortuné lévrier une de ces récriminations qui aggravaient d'une façon désastreuse la partie de dames. Si l'on n'a pas oublié que le pauvre animal appartenait par moitié égale à la famille Cramayenne et à la famille Rétal, on comprendra la signification des propos tenus sur son compte par l'un de ses maîtres parlant à l'autre. Après le terrible coup de quatre, le marquis de Rétal dit d'abord en murmurant :

— Je ne sais pas de quoi vous nourrissez ce chien, mais il devient chaque jour de plus en plus hargneux.

— Il me semble, reprit le comte de Cramayenne, sans détourner son attention du damier, que nous le nourrisons en commun.

— Mais il y a nourrir et nourrir, monsieur le comte.

— Monsieur le marquis, vous ne lui donnez pas de truffes, que je sache.

— C'est possible, repartit le joueur malheureux, mais je ne l'engraisse pas non plus avec des coups de bâton. Mais vous allez en dame!...mais vous êtes en dame !... quoi !... en dame! et Fly reçut un second coup de pied, et il poussa un second gémissement encore plus profond que le premier.

Constance avait laissé tomber son éventail : Francis se levait pour le ramasser.— Monsieur le comte, dites à votre fils qu'il renvoie à un autre jour ses procédés galants envers ma fille : ceci peut compromettre une partie à tout jamais. Francis, à demi levé, se rassit; Constance laissa son éventail à terre. Pauvres enfants !

— J'ai gagné, dit tranquillement M. de Cramayenne; et de trois !

— Vous, gagné! je vous en défie! Cela est vrai comme il est vrai que Fly est bien vu chez vous. Ce chien est une victime : vos enfants l'irritent, vos domestiques le battent: on me l'assassine; cependant ce chien vous garde, vous protége, vous défend.

Cette énumération de louanges données au lévrier par M. de Rétal, duquel il avait déjà reçu deux coups de pied, voulait dire tout simplement que le marquis avait perdu sa partie.

La quatrième commença. •

— Je vous cède deux pions, dit en entamant le comte de Cramayenne.

Qnels mots il avait prononcés! quelles offres il avait faites !

Il s'attira cette réplique : — Vous me cédez deux pions ! c'est généreux, c'est beau, monsieur le comte, c'est du Louis XIV... Deux pions ! le succès vous donne ce droit, cet avantage... Deux pions! sans doute vous êtes de force à cela; mais je ne les prendrai pas parce qu'au fond vous voulez m'humilier devant ma femme, mes enfants et mes domestiques. Je n'accepte point cette honte. Vous m'en offrez deux, je vous en offre quatre, moi! Savez-vous pourquoi vous gagnez? par l'unique avantage que vous avez sur moi de profiter de mes erreurs, tandis que je ferme les yeux sur les vôtres.

— Monsieur le marquis, répondit le comte de Cramayenne, le gain au jeu découle de la prudence qu'on a et de celle que n'a pas l'adversaire.

Le jeu recommença. Soit que le comte de Cramayenne eût cette fois manqué de son habileté
ordinaire, soit qu'il eût pris le généreux parti,
mais c'était peu probable, de laisser croire un
instant à son 'antagoniste qu'il aurait enfin une
revanche, il lui fournit l'occasion de sortir vain-
queur de la quatrième lutte. Le marquis s'en
aperçut avec une joie d'ivresse. Il s'arrêta, il
voulait humer lentement son bonheur... Un de
ses plus jeunes enfants ayant exprimé, dans ce
moment suprême, par un bâillement prolongé,
l'intérêt qu'il portait à la chose, « Qu'on l'é-
touffe! » s'écria M. de Rétal. « A vous, monsieur
le comte, » reprit-il.

Décidément la fortune revenait à lui. Le jeu
de son adversaire s'éparpillait tandis que pour le
sien il s'ouvrait de tous côtés des perspectives
superbes ; non-seulement il devait gagner, mais
gagner sans perdre la moitié de ses pions,
comme un maître gagne un écolier. La pitié lui
venait déjà.

Il poussa un pion, et il dit timidement :

— J'ai été trop vite, monsieur de Cramayenne,
en vous accusant seul du mauvais naturel du
lévrier ; j'aurais pu étendre le reproche plus

loin ; je sais chez moi des personnes qui n'ont pas toujours pour cet animal toutes les atten- tions désirables... Je vous prends deux pions... Après tout, les chiens se gâtent aussi par les trop bons traitements dont ils sont l'objet... Je vous prends encore celui-ci... Vous ne passez pas personnellement pour le haïr ; d'ailleurs il est à vous comme à moi... Je vous souffle celui- ci... Fly, il est juste aussi de le dire, n'a pas de défauts ; s'il mérite parfois le reproche d'être hargneux, il ne dort jamais la nuit ; c'est une bonne sentinelle que Fly... En dame !

A force d'entendre répéter son nom, Fly, dont le sommeil, pour des causes déjà dites, n'avait pas suivi un cours très-régulier, se lève tout à coup, saute sur le damier. La mêlée fut horri- ble ; pas un pion ne garda sa place. M. de Rétal n'est plus un homme, il ne se connaît plus ; il saisit le lévrier par les deux oreilles, et sourd aux aboiements tantôt menaçants, tantôt plain- tifs qu'il excite, on dirait qu'en ce moment il veut faire deux parts de l'animal, sur lequel il n'a réellement que la moitié d'un droit de pro- priété. Personne n'osait appaiser ce nouveau gladiateur ; chacun redoutait d'approcher du groupe criant et aboyant.

Ce fut dans ce moment bouffon, comme presque tous ceux où se décident les plus graves événements de la vie, que Constance, prenant la main de Francis, lui dit tout bas : — Demain je rentre au couvent, et c'est pour ne jamais en sortir. Dans un an je prendrai le voile, je serai sœur-grise... Promettez-moi d'être là le jour où je prononcerai des vœux éternels. — Constance, j'y serai.

Fly n'avait dévoré que la moitié de la culotte du marquis de Rétal.

IV

LA SÉPARATION.

Tandis que la carriole affectée au service des deux maisons de Saint-Mandé ramenait Constance de Rétal au couvent de la rue du Temple, M. de Cramayenne et son fils montaient, à Paris, dans la diligence d'Arras, ville principale d'où ils se rendraient ensuite à Bapaume. Afin de dégager Francis des sombres pensées où il le voyait plongé, M. de Cramayenne lui montrait, lorsqu'ils s'arrêtaient aux localités intermédiaires, et l'on s'arrêtait souvent à cette époque peu renommée pour la facilité des voyages, l'agitation universelle des gens, tous s'entretenant de la prochaine ouverture des États - Généraux. Depuis des siècles aucun événement politique n'avait, en France, intéressé tant de monde à la fois et d'une manière si vive. On semblait en deviner la portée immense, particulière ; car ce n'était pas la première fois que la France allait exposer ses griefs par des organes choisis dans chacune de ses provinces. L'importance passait les limites de la simple curiosité de savoir réunir à Paris des députés des trois ordres. C'était le frémissement d'une catastrophe inconnue sur le point d'éclater ; une vibration électrique courait à la surface des nerfs d'une nation exaltée au plus haut point. A chaque angle des places publiques la noblesse se consultait entre elle et désignait du doigt le clergé, qui allait aussi par groupes et se recueillait ; plus haut en paroles, plus nombreux, le peuple se comptait aussi, et s'entretenait du grand concile appelé à Versailles.

Quoique M. de Cramayenne ne fût pas un de ces hommes prophétiques qui virent du premier coup où tendait cette démonstration qu'il était facile de ne pas provoquer, il voyait avec appréhension tant d'antipathies, tant de haines si longtemps comprimées s'unir, se confondre, prendre le même chemin, se rendre à la même ville, se donner rendez-vous dans la même salle. Au bout de chacune de ses réflexions, il prenait la main de son fils et lui disait : « Quoi qu'il arrive, mon fils, aimez bien, servez toujours, défendez jusqu'à la mort votre roi. »

Tous les rois de la monarchie auraient été en cause, que Francis n'en aurait pas moins pensé à la maison blanche de Saint-Mandé, qu'il ne pouvait éloigner de son souvenir ; aux douces heures passées dans la cour des lierres, l'après-midi dans le bois de Vincennes ; à Constance, toujours à elle ; à ses dernières paroles, le soir de leur séparation. Ces paroles, il ne cessait de les répéter ; il n'osait y croire. Quoi ! le voile de religieuse, des vœux éternels, une grille entre elle et lui ! Alors son cœur montait, s'enflait comme la mer, ses yeux se remplissaient de larmes, et d'une main émue il abaissait la glace de la voiture pour respirer l'air doux de la campagne.

Ils arrivèrent à Arras vers les quatres heures du soir ; deux heures leur restaient encore pour se rendre à l'école militaire de Bapaume, où Francis n'était pas fâché de s'enfermer avec une douleur à laquelle il n'osait se livrer devant son père. Mais à peine furent-ils descendus à l'hôtel des *Trois-Clefs*, que M. de Cramayenne dit à son fils de changer de costume, et d'apporter quelques soins à sa toilette ; ils ne partiraient pour Bapaume que le lendemain. Ils étaient attendus

2

le soir même chez M. de Kermaji, prévenu depuis huit jours de leur arrivée à Arras. Habitué à l'obéissance la plus stricte, Francis n'objecta ni les mauvaises dispositions d'esprit dans lesquelles il se trouvait pour se présenter chez un officier de marine dont il avait entendu vanter la haute capacité, ni la fatigue du voyage; cependant il ne put se défendre d'un certain étonnement en pensant au silence gardé par son père tout le long de la route sur cette visite arrêtée tant de jours à l'avance. Sa toilette achevée, il se mit à la disposition de son père, qui, pour la première fois depuis qu'il le connaissait, examina si rien ne clochait dans son costume. D'où venait chez M. de Cramayenne cette crainte de voir son fils forfaire à l'élégance? il releva avec complaisance le jabot de Francis, trop caché derrière le gilet de satin; il arrangea ses longues manchettes tuyautées qui tombaient sans grâce sur ses mains, et il lui dit ensuite de le suivre.

L'hôtel de M. de Kermaji occupait un terrain fort étendu, et ses dispositions intérieures répondaient au développement de la façade. C'était une propriété de famille, arrivée de races en races, éteintes ou dispersées, au chevalier de

Kermaji, ancien capitaine de vaisseau, qui l'occupait avec sa fille, Louisiane, sa fille unique, issue des Kervarec par sa mère.

L'empressement de M. de Kermaji à recevoir son hôte et le fils de son hôte, fut plein d'une cordialité tout à fait dans le caractère expansif du marin breton. Les deux amis se tutoyèrent, et cela mit bien vite à l'aise Louisiane et Francis, à qui les pères épargnaient ainsi les deux tiers au moins de ce chemin tortueux, scabreux, plein d'ennui, qu'on appelle une première entrevue. D'ailleurs, la fille du marin tenait de son père pour la franchise ; c'était la confiance même sous les traits les plus remarquables. Belle, d'un jet olympique, quoique à peine âgée de seize ans ; blanche comme du plus beau sang normand ou breton, quoiqu'elle fût née dans l'Inde, mais il est vrai de dire de père et de mère nés en Bretagne, Louisiane était un véritable enfant par l'enjouement, un enfant de douze ans. C'était vraiment un tort de l'avoir créée si belle avant le temps.

— Mon ami, dit-elle en tendant la main à Francis, si vous n'êtes pas trop fatigué du voyage, je vous montrerai les dernières curiosités que M. de Kermaji, mon père, a reçues de l'Inde, deux beaux tigres avec leur collier d'or; ils lui sont envoyés par un prince de ses amis. Venez, je monterai l'un, et vous monterez l'autre.

— Ne vas pas trop les tourmenter, dit M. de Kermaji à Louisiane, en indiquant à Francis qu'il pouvait accompagner sa fille.

Dans l'Inde, où il avait pris part à toutes les batailles livrées aux Anglais sur mer et sur terre, M. de Kermaji avait reçu des princes de ces malheureuses contrées des présents considérables en récompense de ses services. Sa maison d'Arras, ville berceau de ses ancêtres, était devenue le dépôt des trésors qu'il avait rapportés. Les nattes fines, les tentures de cachemire, les fantaisies d'or et d'argent dont ces contrées fabuleuses sont fières, se voyaient partout. On croyait marcher à travers le palais d'un rajah, et son salon de réception avait la physionomie splendide et mystérieuse d'une pagode. Sur la cheminée, aux angles du salon, entre les croisées, s'élevaient hideuses, mais d'or massif, les divinités multiples de Brahma, aux colliers de pierres fines, aux yeux de diamants. C'étaient encore des vases en pierres transparentes, coloriées au Japon, remplissant l'espace d'une lumière verte et orange ; et, sur des tables ciselées, des porce-

laines de dimensions cyclopéennes, monuments
de l'adresse exquise des Chinois. Toutes ces
merveilles, si belles pour les étrangers, perdaient tout leur prix aux yeux de celui qui les
possédait lorsqu'il songeait que, victime de son
amour pour lui, sa femme, madame de Kermaji, était morte dans l'Inde où elle avait voulu
le suivre. Le climat l'avait tuée ; mais sa bonté
et sa grâce s'étaient continuées dans l'unique
enfant qu'elle avait laissée à M. de Kermaji, la
charmante Louisiane.

Il n'est pas de sorte d'amusements auxquels
elle ne força Francis de prendre part avant
l'heure du dîner.

Après avoir joué avec les jeunes tigres privés,
elle voulut montrer à Francis comment se pro-
mènent les princes asiatiques et leurs fiancées.
Elle appela, et des domestiques, la plupart atta-
chés autrefois au service de son père lorsqu'il
était dans l'Inde, accoururent, et elle se fit porter
par eux, à côté de Francis, dans un riche palanquin de soie et de mousseline semées de gouttes
d'or. Tous ces caprices de jeune fille étaient
si spontanés, si naturels, qu'ils ne permettaient
pas à la réflexion d'y supposer la moindre coquetterie cachée. C'était une enfant heureuse et

qui ne comprenait pas que la vie fût autre chose
qu'une récréation perpétuelle. Rien ne la gênait, ni son père, ni les habitudes guindées, ni
une fausse éducation. Le marin l'avait laissée
croître à la grâce de Dieu, et n'en prenant pas
plus de souci que d'un garçon. S'il eût continué
à servir, il en eût fait un garde-pavillon jusqu'à vingt ans. Il l'avait habituée sans peine à
monter aux mats, et à veiller la nuit pendant la
tempête. Dieu aime ces bons naturels-là, et
quelquefois il couronne son œuvre en les pri-
vant entièrement de passions.

Francis, le mois passé encore élève en théologie au collége d'Harcourt, ne revenait pas de
la surprise que lui causait ce caractère sans ana-
logie avec celui des jeunes filles qu'il connaissait
à Paris. On sonna le dîner, et elle alla s'asseoir
près de lui à table sans plus de cérémonie.

— Voilà des mets français, dit-elle, et voilà
des mets indiens qui vous brûleront le palais;
choisissez. Moi, je préfère les mets indiens. Es-
sayez-en, que je voie votre grimace. Allons, je
vous en prie.

— Ceci nous fait vieux, mon bon Cramayenne,
dit M. de Kermaji à son ami, en lui montrant
les deux jeunes gens assis en face d'eux.

— Voyons, ma chère Louisiane, voudrais-tu entrer au couvent?

— Au couvent! au couvent! répondit Louisiane en bondissant comme si elle eût encore été assise sur le dos nerveux de son tigre.

— Entendons-nous, ma bonne amie, dans un couvent de Paris.

— Voulez-vous me tourmenter, mon père?

— Rassure-toi; ce n'est point pour devenir religieuse.

— Et pourquoi donc, mon père?

— Pour y achever ton éducation,

— Est-ce que je n'en sais pas assez?

— Écoute-moi : notre bon Cramayenne m'a parlé d'un de ses amis, d'un de ses voisins de campagne, qui a placé sa fille dans un couvent de Paris, où elle est fort bien élevée. C'est une garantie pour nous. On lui enseigne la musique, le dessin, et une foule d'autres arts que tu aimes.

— J'aime encore mieux ma liberté.

— Mais, enfant, tu seras libre. Les couvents sont aussi, tu le sais bien, puisque tes cousines sortent de celui de Rennes, des pensions d'où l'on a la facilité de s'en aller tant qu'on n'a pas prononcé des vœux; et, grâce au ciel, je n'ai

pas envie que tu en prononces, ajouta M. de
Kermaji en tendant la main à sa fille, qui, après
l'avoir baisée avec autant d'étourderie que d'affection, répliqua :

— Mais, mon père cruel, pourquoi ce couvent?

— Tu n'y resteras qu'un an.

— Pourquoi un an ?

Les deux amis se regardèrent et sourirent.

Francis s'était abandonné à une longue distraction en entendant parler de couvent et de
religieuse : son esprit était bien loin.

— Il faut donc qu'on te dise tout?

— Ah! je commence à comprendre! reprit
Louisiane; mais je ne comprends que la moitié.

— Enfin! dit M. de Kermaji.

— Je sais, poursuivit Louisiane que mes deux
cousines furent mises au couvent de Rennes,
parce qu'il est d'usage, quand on a perdu sa
mère, de passer au moins un an dans une maison religieuse avant de se marier. Mais...

— Assez! interrompit M. de Kermaji en versant à boire à Francis, assez, ma fille, tu finirais
par en savoir plus de la moitié.

Toute autre jeune fille, devinant si bien, eût
peut-être baissé la tête à ces paroles après les-

quelles il ne restait pas beaucoup à apprendre.
Louisiane se retourna vers Francis et le regarda
avec un peu plus de curiosité et d'intérêt qu'auparavant.

Francis ne remarqua rien.

Comme M. de Kermaji supposa que ses hôtes
avaient besoin de repos, il leur permit de prendre congé de bonne heure. Ils partirent et se
rendirent à leur hôtel, qu'ils devaient quitter
avant le jour, afin d'arriver de bonne heure à
Bapaume.

— Comment trouves-tu mademoiselle de Kermaji? demanda M. de Cramayenne à son fils,
quand ils furent seuls dans leur appartement.

— D'une beauté magnifique, mon père.

— Eh bien! elle aura cent mille livres de dot.

Francis ne fit aucune remarque.

— Et c'est toi, qui l'épouseras.

— Moi ! mon père.

— Toi. Bonne nuit, monsieur mon fils!

V

LOUISIANE.

Il est indispensable d'exposer en quelques lignes l'état fébrile où se trouvait Paris depuis l'arrivée des députés aux États-Généraux; car dans la grande histoire politique gravite notre petite épisode de famille. Tout ce que les livres philosophiques avaient mis en avant d'idées justes ou folles, de chimères et de théories praticables, semblait toucher à son heure de réalisation. Il y avait bien encore la Bastille, une armée, un pouvoir, un roi, des prisons, des couvents, des abus, des préjugés; on était bien encore en présence du siècle de Louis XIV, comme illustration de noms; du siècle de Louis XV, comme dépravation de toutes sortes; du siècle de Louis XVI, tout monarchique et entièrement debout; mais il n'était pas un homme de quelque sens

qui ne vit dans ces hommes passionnés envoyés
par les trois grandes catégories sociales, des instruments plus ou moins volontaires d'une démo-
lition terrible.

Vers le milieu de l'année 1789, pour nous
renfermer dans les lignes pacifiques de notre
sujet, madame de Rétal rentra un jour à Saint-
Mandé si effrayée, si éperdue de la scène dont
malgé elle, elle avait été témoin à l'entrée du
faubourg Saint-Antoine, qu'elle tomba grave-
ment malade. Elle avait vu cent mille hommes
armés de piques, traînant même des canons,
accourir en hurlant vers la Bastille, dont ils
avaient défoncé les portes, dont ils avaient
démoli les créneaux aux lueurs de l'incendie. Prise
au milieu de la foule, elle était démeurée spec-
tatrice de cette scène populaire, et la terreur des
incidents l'avait épouvantée au point de la rendre folle pendant quelques heures. Malgré les
soins dont elle fut entourée, elle arriva promptement au terme de l'existence. Elle mourut, et
sa mort ne vint pas changer la position de Constance. Naturellement plus porté à s'occuper du
sort de ses propres enfants que de ceux de sa
femme, madame de Rétal, le marquis se félicita en secret de savoir Constance au couvent,

et destinée à prendre le voile dans l'année.

On se tromperait fort si, en se transportant à
la fin du dix-huitième siècle, on raisonnait sur
la liberté des femmes, et en général sur la liberté
humaine, comme nous avons acquis le droit de
raisonner aujourd'hui. Deux faits rendaient parfaitement compte de l'esclavage imposé à quelques parties de la société : la nécessité et l'habitude. Nécessité d'enrichir, de raffermir un indi-
vidu par famille, puisque la société reposait sur
la famille depuis la féodalité ; habitude immémo-
riale de se soumettre sans révolte à cette nécessité.
Cela est si vrai qu'un seul écrivain, et encore
n'est-il pas des plus fameux, a osé, à la fin du
dix-huitième siècle, exploiter, sans grand succès
à son époque, la situation d'une jeune fille forcée
par ses parents de prendre le voile et de prononcer
des vœux. Ce n'est que dans la *Religieuse* de Diderot qu'on trouve, avec une grande magnificence
de style, il est vrai, la peinture d'une violence
sociale qui, quelques années plus tard, fournissait
l'argument le plus fort, le plus énergique peut-
être, contre le pouvoir monarchique. Et même
Diderot a tellement peur de manquer d'intérêt en
écrivant un admirable livre qu'il accumule des
détails puérils, impossibles, qu'il invente une

correspondance assez gauche pour nous obliger
à croire à l'authenticité de son récit. Il a peur
que la vraisemblance ne soit pas suffisante, que
le style le plus original à côté de celui de Vol-
taire, que la verve la plus spirituelle, la plus
colorée, la plus jaillissante, ne fassent pas pardonner le fond du sujet qu'il a choisi.

Il importe donc de ne voir, dans la conduite
de M. de Rétal oubliant Constance au couvent,
qu'une action fort naturelle.

Quelques mois avant les événements que nous
avons rappelés, M. de Kermaji avait conduit
lui-même sa fille Louisiane à Paris, et au couvent où était Constance, maison religieuse dont
M. de Cramayenne avait entendu faire les plus
grands éloges par madame de Rétal.

La fille du capitaine de vaisseau n'approuvait
pas trop le cloître, mais le cloître devait aboutir
au mariage avec un homme qui lui plaisait,
jeune, fort doux, d'une bonne maison, et qui
porterait des épaulettes d'or. Elle entra au couvent avec ces grands motifs d'en supporter les
ennuis, les charges et les minutieuses pratiques
de dévotion ; c'était, à certains égards, de la
résignation, car Louisiane n'était pas dévote. Le
sens pieux lui manquait, et certes elle n'avait

pu guère l'acquérir dans la maison de son père, fort large à l'endroit des offices et des prières.

Mais Louisiane s'exagérait considérablement les contrariétés qui l'attendaient au couvent. Les pensionnaires ne partageaient pas le sort des religieuses : les supérieures, jalouses de ne laisser échapper aucune influence, n'avaient pas la maladresse de s'aliéner, par trop de sévérité, les maisons dont elles acceptaient d'élever les filles. C'était au contraire, et le plus souvent, pour les jeunes personnes un endroit d'innocence et de bonheur. On les tourmentait fort peu pour leurs leçons car on enseignait peu dans les couvents, et les prières, si elles étaient fréquentes, n'étaient jamais longues.

Et que d'amusements et de plaisirs ne leur procurait-on pas! Où causait-on avec le plus de liberté, où se levait-on le plus tard, où brodait-on le mieux la tapisserie, où mangeait-on les plus délicieuses pâtisseries, où buvait-on les plus fines liqueurs, le meilleur café, le meilleur chocolat, où chantait-on le mieux la bonne musique, où y avait-il les plus belles fleurs, les plus beaux fruits, où trouvait-on les meilleures amies, si ce n'est au couvent?

En quelques jours, mademoiselle de Kermaji

changea d'opinion sur la vie des couvents; mais en fille légère, elle s'imagina que les religieuses n'étaient pas moins heureuses que les pensionnaires. Elle revint plus tard de cette erreur. En attendant, elle se disait :

— En vérité, je ne sais pas pourquoi je n'ai pas apporté avec moi mes tigres et mon palanquin.

Une particularité de l'éducation de Francis de Cramayenne a peut-être arrêté un instant l'attention du lecteur. Il a été dit dans les premières pages de cette obscure histoire privée, qu'il venait de passer ses derniers examens de théologie lorsqu'il s'était rendu à Saint-Mandé pour jouir de son temps des vacances. On ne comprendrait pas pourquoi il avait étudié la théologie, étant destiné par son père à la carrière des armes. C'est, nous le craignons bien, beaucoup trop douter de la fidélité des souvenirs érudits du lecteur, que de lui rappeler ici en quelques mots que, plus large que précise, l'éducation d'autrefois faisait à tous les jeunes gens des grandes familles une nécessité de l'étude théologique.

Ainsi Turenne et Condé, par exemple, avaient commenté au collége la *Somme* de saint Thomas, longtemps avant d'étudier Polybe. Les mœurs

du temps, pédantes si l'on tient à les qualifier
ainsi, voulaient cela, comme elles imposent aujourd'hui l'étude de l'anglais et de l'allemand à
toute éducation un peu complète.

Pourvu d'une sous-lieutenance pendant le
cours de sa première année de travaux à l'école
militaire de Bapaume, Francis chercha, par son
application, à mériter un jour le grade dont il
avait été revêtu, grâce à la protection de quelques puissants amis de son père. Francis, du
reste, n'aimait pas la guerre à la manière de la
plupart des jeunes gens de son âge, uniquement
pour le plaisir de tuer à l'ennemi mille hommes
de plus qu'il n'en tuera. Il passait avec rapidité
sur les scènes de carnage, et il arrivait vite au
tableau de pacification qui suit la conquête. Il
ne souhaitait de vaincre les nations que dans le
but d'améliorer leur sort; allant à elles avec des
canons, parce que les canons sont les clefs qui
ouvrent souvent les portes de fer de la barbarie.

Il se laissait aller à l'erreur de croire qu'il par-
viendrait ainsi à dominer le souvenir de Constance, par la pensée bruyante de la gloire; car,
jeune homme grave et sérieux, ne s'abusant pas,
il la savait à jamais perdue pour lui. Le couvent,
aux conditions où elle y était entrée, c'était la

mort. Il n'avait plus qu'une seule fois à la voir,
le jour où elle s'ensevelirait vivante sous le voile
qui ne se relève plus que devant le visage de
Dieu. Il ne nourrissait pas ces folles idées, ces
projets romanesques, si rarement réalisés, d'un
enlèvement.

A distance, l'imagination se livre à ces sortes
de rêves; mais, en réalité, a-t-on souvent franchi
de triples enceintes, arraché des barreaux de fer
scellés dans des murs épais, pénétré sans guide
sous un réseau de voûtes obscures, conduisant à
des milliers de cellules d'une décourageante res-
semblance? D'ailleurs, sa conscience lui montrait,
comme un crime, la pensée seule de violer la
volonté d'une famille, peut-être trompée, peut-
être cruelle, mais à coup sûr maîtresse de la
destinée d'un enfant. Il ne se promettait que la
triste consolation d'entretenir toute sa vie la douleur de la pleurer. Chaque matin il lui écrivait,
et chaque soir il renfermait dans une boîte la
lettre confidente de sa peine. C'était son écrin
précieux.

Quelque grand que fût le respect dont il se
sentait pénétré pour son père, il ne consentirait
jamais à se marier avec mademoiselle de Kermaji. Avait-il le droit de lui offrir un cœur plein

de l'image d'une autre femme? il n'entendait
pas de cette manière la fidélité conjugale. Son
père lui épargnerait un mensonge, un parjure,
une trahison. Telles étaient les pensées de
Francis de Cramayenne à l'école militaire de Bapaume.

La petite colonie de Saint-Mandé aurait vécu
encore longtemps dans le sommeil de la même
monotonie, sans la mort de madame de Rétal.
Quoique son caractère ne fût pas bon, elle était
aimée de madame de Cramayenne, et l'intimité
de ces deux chefs de famille ramenait toujours
la concorde entre les deux habitations. Quand
elle ne fut plus là, M. de Rétal n'eut plus personne auprès de lui pour tempérer son humeur
chagrine; il s'y livra à plaisir. Des semaines
entières s'écoulaient sans qu'il parût chez M. de
Cramayenne, fort affligé au fond de cette réserve,
mais lassé de suivre, dans tous ses caprices, les
fantasques allures de son voisin.

Deux choses, seulement, leur faisaient encore
comme une nécessité de ne pas se perdre entièrement de vue. L'une était le besoin pour eux de
causer à cœur ouvert des intérêts politiques,
alors en ébullition, de blâmer en commun la
cour et ses ministres, qui commettaient la faute

de tenir à Versailles les États-Généraux. Selon
eux, le roi se repentirait d'avoir appelé tant de
petits souverains, irrités l'un contre l'autre, et
tous contre lui, quand lui pouvait, premier, unique souverain du royaume, gouverner comme
il l'entendait. Pourquoi ce conseil? pourquoi cet
avis demandé à tant de sujets? cet aveu public
d'impuissance à guérir le mal? Ce thème, si usé
aujourd'hui, échauffait alors, et en tous lieux en
France, l'esprit public; salons, cafés, cercles,
académies, palais, chaumières, ne retentissaient
que de la convocation des États-Généraux, du
danger, de l'opportunité de cette mesure, qui,
d'après les uns, sauverait le royaume, d'après
les autres, le perdrait.

Une même opinion avait parfaitement uni
jusqu'ici les deux voisins de campagne. Le second
motif, qui les faisait encore se voir, était moins
grave en apparence : c'était Fly, leur chien lévrier. Malheureusement, on va voir qu'une
cause tua l'autre, et que toute liaison fut dès lors
rompue.

De convention arrêtée, Fly passait une quinzaine chez M. de Rétal, une quinzaine chez M. de
Cramayenne; cela a été dit, je crois; on se souvient peut-être aussi, qu'au sujet de cette double

servitude, M. de Rétal avait exhalé contre M. de Cramayenne des propos fort durs, un soir qu'il avait perdu au jeu. A l'entendre, Fly était mal nourri, fort mal élevé, pendant son séjour chez M. de Cramayenne. Il ne redevenait gras et honnête que lorsqu'il allait passer l'autre quinzaine chez lui, M. de Rétal, quoique en somme l'animal, au bout de ces vicissitudes, restât maigre et irritable, comme doivent être, après tout, et comme sont toujours les chiens lévriers.

Ceci rappelé, il reste à dire comment la question de Fly tua à Saint-Mandé la question des États-Généraux.

VI

A QUOI TIENT L'AMITIÉ ENTRE LES AMIS.

Pour plaire à ses enfants, M. de Cramayenne mit un jour au cou du chien un collier en cuivre entouré de pointes. M. de Rétal s'aperçut de cette galanterie, et il la prit fort mal. « Je n'irai pas de toute la semaine chez eux, murmura-t-il. Ces gens-là sont des envahisseurs. » S'il ne se plaignit pas plus fort, c'est que le collier avait été donné à Fly pendant la quinzaine qu'il passait chez M. de Cramayenne. La quinzaine écoulée, Fly fut ramené chez M. de Rétal; le chien avait le collier. Il l'avait! Que fait alors M. de Rétal? Il l'enlève au lévrier, et le renvoie à son voisin avec ces mots :

« MON CHER MONSIEUR DE CRAMAYENNE,

« Je ne vous empêche pas, à Dieu ne plaise, de décorer *notre lévrier* d'un collier; mais veuillez, je vous prie, ne lui appliquer ce signe de propriété, cette marque de servitude qui le constitue votre unique bien, que lorsqu'il sera de quinzaine chez vous.

« Quand Fly est chez moi, il est tout à moi, comme je suis tout à vous en terminant ces lignes, après lesquelles je n'ai plus qu'à me dire, mon cher voisin, votre très-humble et très-dévoué serviteur.

« ARCHAMBAULD DE RÉTAL. »

M. de Cramayenne répondit à M. de Rétal :

« MON CHER MONSIEUR DE RÉTAL,

« Si j'avais pensé que ce collier, donné par mes enfants à notre lévrier, eût pu vous faire concevoir la pensée injuste que mes prétentions étaient de m'attribuer exclusivement une propriété, sur laquelle je n'ai que des droits égaux aux vôtres, je me serais gardé de l'acheter. Mon aveu doit vous convaincre combien ce n'était pas là mon intention.

« Oubliez cette petite contrariété, et venez ce soir ; nous causerons des États-Généraux jusqu'à minuit. Croyez-moi toujours, mon cher voisin, votre très-humble et très-dévoué serviteur.

« DE CRAMAYENNE. »

M. de Rétal n'oublia rien. Il se souvint fort bien, au contraire, et il fit faire au chien, dès le lendemain, un collier pareillement en cuivre, autour duquel un graveur cisela ceci : *Je m'appelle Fly, et j'appartiens à M. le marquis de Rétal, propriétaire à Saint-Mandé.*

Cette inscription était cent fois plus personnellement ambitieuse que le fait pur et simple d'avoir mis un collier tout uni au cou du chien. Mais M. de Rétal se vengeait. A la rigueur, si le chien n'eût porté le collier et cette inscription que pendant la quinzaine dévolue à M. de Rétal, personne n'aurait eu raison de trop s'en plaindre. Il n'y avait qu'à fermer les yeux sur la déclaration d'une prise de possession purement illusoire ; les rois d'Angleterre se disent bien rois de France. Mais quand revint la quinzaine de M. de Cramayenne, M. de Rétal renvoya à ce dernier le chien, non sans le collier, mais avec le collier chargé de l'inscription. Le défi était formel.

Un peu froissé des intentions ouvertement

blessantes de M. de Rétal, M. de Cramayenne
lui écrivit :

« MON CHER VOISIN,

« Je ne vous imiterai pas : je laisserai au cou
de notre lévrier le collier que vous y avez mis.
Je veux par là que vous soyez à même de juger
si Fly, pendant sa quinzaine passée chez moi,
aura ou non acquis de l'embonpoint.

« Je vous attends toujours pour gémir avec
vous sur cette malheureuse idée des États-Généraux.

« Croyez-moi, en toute occasion, votre très-
humble et très-dévoué serviteur.

« DE CRAMAYENNE. »

— C'est un soufflet que je reçois ! s'écria M. de
Rétal, après avoir lu ce billet. Il laisse le collier
à Fly pour me montrer le degré d'embonpoint
où il sera parvenu chez eux ! pour me faire
honte, ils vont l'engraisser, le ballonner ; il me
reviendra le collier caché dans la graisse. Enfin
ces gens-là se démasquent. »

D'une main émue de colère, il écrivit ceci à
M. de Cramayenne :

« Monsieur,

« Je vous ai compris ! votre projet est de me démontrer, en laissant le collier à Fly, que vous saurez nourrir mieux que je ne le fais ce pauvre animal exposé à de funestes excès de nourriture. Le procédé est ingénieux ; mais prenez garde qu'il ne le soit trop. Si le lévrier meurt dans cet essai de vengeance, vous aurez à m'indemniser, songez-y ! Il s'agira de grosses sommes, car si l'usufruit du lévrier est à nous deux, monsieur le comte, la propriété en est à moi seul. Fly est né chez moi, dans mes terres.

« A votre invitation d'aller causer chez vous des États-Généraux, j'aurai l'honneur de répondre que je ne vois plus les choses du même œil que vous. Le temps et l'expérience modifient les opinions.

« Je n'en ai pas moins l'honneur de me dire, monsieur le comte, votre très-humble et très-obéissant serviteur.

« DE RÉTAL. »

Cette querelle, comme toutes les querelles entre voisins de campagne, s'envenima de plus en plus. Chaque jour amena sa petite taquine-

2.

rie, son mot blessant, son coup de coude, toujours à cause du refroidissement survenu à la suite de la dispute dont Fly était le prétexte. Bien entendu que dans ces escarmouches M. de Rétal ne prenait que la part d'une instigation sourde; elles s'exerçaient entre les bonnes, les jardiniers et les enfants des deux maisons. Les deux chefs restaient dans leurs tentes.

Quand Fly, au bout de la quinzaine, fut restitué à M. de Rétal, il était tel qu'il avait été confié à M. de Cramayenne, vu qu'un lévrier bien ou mal nourri reste toujours au même point : c'est un des mystères de la création.

La dispute des deux voisins aurait trouvé un terme dans cet état passif du chien inutilement soumis aux tentatives de l'alimentation, si le hasard n'eût reculé ce terme d'une manière fâcheuse.

Un beau jour Fly est perdu. On le cherche, on l'appelle, on le siffle : pas de Fly. Qu'est-il devenu ? On demande aux environs : réponses vagues. La douleur fut égale dans les deux maisons, car il était sincèrement aimé. Il avait tant de défauts !

—Tout ceci, dit M. de Rétal en mettant le doigt sur son front, cache quelque mauvais tours de mon ennemi juré, M. de Cramayenne. La disparition de Fly est son œuvre. Ah! oui!... Eh bien! nous allons voir, s'écria-t-il d'une voix triomphante ; nous allons voir !

Il fit placarder cette affiche à Saint-Mandé et dans cinq ou six communes circonvoisines :

« Cinq cents livres de récompense à celui qui trouvera un chien lévrier de couleur grise portant gravés sur son collier son nom et celui de son maître. »

Le lendemain Fly était ramené à M. de Rétal, qui comptait à un garde-champêtre les cinq cents livres promises.

M. de Rétal avait calculé, avec beaucoup de raison, que si Fly n'était pas mort, s'il n'était que perdu ou volé, il était tout à fait impossible que la promesse d'une récompense de cinq cents livres ne le fit pas retrouver.

Rentré dans la propriété du lévrier, il écrivit aussitôt à M. de Cramayenne :

« MONSIEUR LE COMTE,

« Il est de mon devoir de co-propriétaire de notre lévrier Fly, de vous prévenir qu'il est re-trouvé, grâce à cinq cents livres promises et accordées. Comme vous avez partagé la douleur quand on l'a cru perdu, il est juste de vous faire partager la joie de son retour. Ce qui n'est pas moins à partager entre vous et moi, c'est ce que j'ai donné à titre de récompense. Veuillez donc me compter deux cent cinquante livres, représentant la moitié de ladite récompense, si je ne me trompe.

« Agréez, monsieur le comte, l'expression de mes hommages respectueux.

« DE RÉTAL. »

Sans sortir de son sang-froid poli, le comte de Cramayenne répondit :

« MONSIEUR LE MARQUIS,

« Je verserais volontiers les deux cent cinquante livres affectées à la récompense due à la personne qui a ramené le chien, si Fly n'eût porté à son cou, quand on l'a retrouvé, un collier vous indiquant comme son seul propriétaire. Ce serait protester contre un témoignage trop respectable que de payer la somme dont vous me parlez ; vous paierez en conséquence de votre titre : vous êtes tout, payez tout.

« J'ai bien regretté votre absence et nos bonnes conversations sur les États-Généraux, qui, pour le malheur du royaume, vont si vite en besogne.

« Je me dis constamment votre très-dévoué et très-humble serviteur.

« DE CRAMAYENNE. »

Il n'y eut aucun intervalle entre la réponse du comte de Cramayenne et ces lignes foudroyantes du marquis de Rétal :

« MONSIEUR LE COMTE,

« Vous paierez, oui, vous paierez les deux cent cinquante livres. Trève à la plaisanterie! Je ne plaisante plus, moi! la mesure est comblée! et si vous ne vous exécutez pas de bonne grâce, je vous traînerai au pied des tribunaux. Quel que soit, au surplus, le parti qu'il vous plaira de prendre, je veux qu'il n'y ait plus rien de commun entre vous et moi. Un mur va s'élever entre votre propriété et la mienne.

« Je regrette peu, monsieur le comte, pour répondre à chaque partie de votre lettre, des discussions politiques où nous ne pourrions plus nous entendre. J'espère beaucoup pour la cause du tiers aux États-Généraux, qui ne seront pas, autant que vous vous l'imaginez, le malheur du royaume.

« Je vous salue.

« DE RÉTAL. »

Ainsi Fly avait, non-seulement brouillé deux familles, séparé deux propriétés, mais il amena un procès féroce, comme le sont tous les procès entre d'anciens amis, entre M. de Cramayenne et M. de Rétal, et fit passer ce dernier, de l'opinion en faveur de la noblesse dont il était, à l'opinion en faveur du tiers, qui finit par lui couper la tête.

La marée révolutionnaire avançait; on en avait déjà jusqu'à la cheville.

VII

LA PRISE DE VOILE.

Nul n'ignore que les couvents avaient le privilége de jouir d'un calme inaltérable au milieu même des plus profondes commotions de la société. Celui de la rue du Temple, quoique au centre d'une ville troublée, allumait derrière ses murs paisibles les lampes de sa chapelle. Petite, mais arrangée avec coquetterie, on sentait que des femmes avaient présidé à sa toilette pieuse. De jeunes religieuses seules avaient pu broder, aux longues veillées d'hiver, la nappe de l'autel, sur le tissu de laquelle toute l'histoire de la Vierge était racontée à l'aiguille; tresser des guirlandes en étoffes de couleur autour des médaillons de saintes, dont les piliers étaient ornés; donner aux rideaux la légèreté d'un voile, et comme quelque chose d'innocent à leur blancheur. Elles avaient paré la chapelle ainsi qu'elles l'eussent fait de l'une de leurs sœurs destinées comme elles à prendre le voile. Peu de personnes avaient été invitées en dehors du cercle des parents des novices qui allaient prononcer leurs vœux. Ces personnes étaient placées sur plusieurs rangs en face de l'autel, afin d'encourager d'un regard d'affection celles qui avaient besoin de ce dernier appui du monde avant de le quitter pour le reste de leur vie. Par cette disposition, la partie basse de la chapelle se trouvait déserte. Un sentiment de terreur la remplissait. Il faisait froid et sombre dans cette moitié : le contraste était d'autant plus attristant, que l'autre moitié de la chapelle nageait dans un excès de lumières.

Ainsi à la fois éteinte et éclairée, la chapelle semblait s'être agrandie du cimetière : les pierres tumulaires blanchissaient par plaques dans l'obscurité. Les deux bouts de l'existence claustrale se touchaient. Les tombes étaient de la fête. Dix novices devaient faire profession dans la nuit. Dix familles étaient là. — Place de tristesse et d'honneur, — les mères étaient au premier rang : on les reconnaissait à leur pâleur. Il fallait, d'après l'usage, qu'elles approuvassent par leur présence la nouvelle condition de leur enfant. Leur faiblesse se cachait à peine derrière la fermeté de leurs maris, pères qui faisaient taire leur cœur devant de sordides raisons d'héritage, et qui croyaient agir humainement en mettant la moitié de leur famille en esclavage, afin de mieux se dévouer à l'autre moitié.

Une porte de communication avec le cloître même s'ouvrit, et dix novices, parmi lesquelles était Constance de Rétal, parurent vêtues des plus riches habits. Dérision significative, elles avaient repris les pompes de leur premier rang dans le monde; elles avaient des fleurs à leur tête, des pierreries à leurs bras. Quel triomphe! quel abaissement! quel luxe! quelle tristesse! Précédées de la supérieure et d'un abbé de Saint-Etienne-du-Haut-Pas, elles défilèrent devant l'autel. Des chants accueillirent leur entrée. Ils avaient une douceur qui ravit. La harpe, l'orgue et la voix s'entretenaient doucement, et ressemblaient au murmure de trois jeunes filles qui sont au bain sous des saules; l'eau et le vent font ondoyer leurs paroles. Puis l'orgue dominait. Ses sons, pleins dans leur simplicité grave, évoquaient les choses passées, les rendaient présentes comme à ceux qui les virent. C'était la Colonne dans le désert, les Flammes d'Elie, le

torrent qui jaillit sous la baguette du prophète.
Et la harpe reprenait; plus vive, elle venait après
l'orgue, comme le cantique après la Bible. C'est
la Sulamite qui ouvre la porte d'ivoire à son bien-
aimé, la Sulamite ou l'Eglise.

Francis poussa un douloureux soupir. Il était
là, il était venu assister au sacrifice irrévocable,
celui dont on ne revient pas plus que de la mort.
Le jeune sous-lieutenant, en habit bleu de ciel
aux parements jaunes, était appuyé dans l'ombre
contre une colonne, et suivait, le bras sous son
gilet à demi ouvert, la main près de son cœur,
cette scène qui lui avait été annoncée il y avait
juste un an dans l'habitation de Saint-Mandé. Il
y avait un an! Alors, il n'y avait qu'un an! elle
était libre comme l'oiseau; elle allait où son caprice la menait. — Pourquoi, se disait Francis,
n'avoir pas pris son bras sous mon bras, et nous
en être allés tous deux, loin, bien loin, dans
d'autres pays, où j'aurais demandé du service
pour vivre avec elle, où j'aurais travaillé avec
ma tête ou mon épée, puisque c'est la pauvreté,
la détestable, l'affreuse pauvreté qui est, au fond,
la cause de cet engagement qui va la séparer du
monde! Constance! Constance! Constance! murmurait-il tout bas, en froissant son linge brodé,

Constance ! Constance ! criait-il la bouche pleine
de larmes, et tant que sa poitrine avait de force,
quand les chants et la musique retentissaient
sous les voûtes de la chapelle. Et mille souvenirs
charmants et pleins d'amertume passaient dans
sa mémoire et devant ses yeux à demi voilés par
ses pleurs. — C'est bien elle, elle qui est là, elle
que je vois, qui se cachait dans les haies d'aubépine au printemps, et se jetait devant moi
avec un cri de joyeuse espièglerie pour me sur-
prendre. C'est encore le printemps, l'aubépine
est en fleurs, et elle est là. Constance ! Constance !
Ce pied qui foule ces dalles glacées, et qui pose
sur une tombe, combien de fois ne l'ai-je pas
tenu dans ma main, lorsqu'elle voulait monter
sur l'arbre et cueillir des mûres sauvages ! —
Francis déchirait le gant qui cachait sa main,
pour voir, pour adorer en idée l'endroit où Constance avait appuyé son pied. — Sait-elle que je
suis là, que je la vois, que je pleure, que je souf-
fre des plus cruelles souffrances ? Oh ! tourne-toi
de mon côté, Constance ! je suis ici, cherche dans
l'ombre, cherche-moi, un dernier regard, une dernière attention, je t'en supplie, mais regarde-moi.

Dans la chapelle, les chants avaient un instant
cessé.

Sur l'ordre de la supérieure, une novice abaissa le flambeau qu'elle tenait, et en éteignit la flamme en la pressant contre la terre, symbole des adieux qu'elle adressait aux pompes du monde. Les neuf autres novices l'imitèrent; la dernière étouffa mal la flamme; son bras manqua de force.

C'était Constance de Rétal.

Ce premier sacrifice consommé, l'abbé de *Saint-Étienne-du-Haut-Pas* félicita les jeunes religieuses sur la joie qu'elles devaient ressentir d'avoir éteint la flamme décevante du monde pour allumer dans leurs cœurs une autre flamme plus pure, celle dont la clarté n'égare jamais.

En s'efforçant de n'être pas trop fastidieux, l'abbé de *Saint-Étienne-du-Haut-Pas* eut l'habileté d'être parfaitement commun.

L'absence des flambeaux assombrit l'autel, qui ne brilla plus que de la clarté des lampes dont il était orné. L'abbesse dépouilla ensuite les novices de leurs robes et de leurs parures moqueuses. Tout fut mis en un tas : les étoffes riches et les colliers, les broderies, les perles, les gants parfumés. Un mendiant passa avec son bâton là-dessus.

Ainsi dépouillées, les novices semblaient per-

dre peu à peu leur sang, semblables à ces condam-
nés dont la vie est partie avant que leur tête soit
tombée. Blanches du vêtement de pénitence qui
était resté attaché à leurs corps, nu-pieds, les
cheveux épars, le froid des dalles les gagnait ;
leurs lèvres tremblaient, leur front devenait
de marbre, et quand elles se relevèrent, on eût
dit des statues couchées sur les tombes, et qui
dans les nuits de sortilége se dressent peu à peu
et vous regardent.

« Je n'aurai jamais le courage de rester jusqu'au bout de la cérémonie, dit Francis, en se
cachant la tête dans ses mains et en étouffant
ses sanglots contre le marbre de la colonne où il
s'appuyait. Mais j'ai promis à Constance d'être
là quand elle prononcera ses vœux ; il faut que
je reste. De la force, mon Dieu ! de la force ! car
mes jambes fléchissent et mon cœur s'en va.
Rester ! il faut donc que je la mette dans la terre !
C'est trop, mon Dieu ! »

Il était du devoir de M. l'abbé de *Saint-Étienne-
du-Haut-Pas* de faire une nouvelle allocution
aux religieuses.

« Vous avez quitté, mes enfants, la livrée
bigarrée du démon, pour ne garder que la robe
d'innocence. Celle-là ne s'accroche pas aux buis-

3

sons de la route. Un ange invisible vous sert de porte-queue. »

Cette fois, M. l'abbé de *Saint-Étienne-du-Haut-Pas* n'avait pas été commun ; il s'était montré extravagant.

« Oh ! voici le moment de la perdre pour toujours ! s'écria Francis. Chère sœur ! chère Constance ! pauvre abandonnée ! qu'as-tu fait au monde ? Dans un instant elle appartiendra à la tombe. »

Francis se trompait en pensant que les novices, après avoir été dépouillées de leurs habits, n'avaient plus qu'à prononcer le serment.

La supérieure saisit à deux mains la chevelure pendante de chaque religieuse, et avec de longs ciseaux elle la coupa jusqu'à la racine. Le bruit de l'acier passant autour de ces jolies têtes allait au cœur. Les cheveux tombaient par épaisses poignées. Malgré leur longue préparation à ce sacrifice, les religieuses versèrent des larmes sur les doigts de la supérieure, qui faucha sans pitié toutes ces belles nattes de cheveux partant du milieu de la tête et allant se rattacher derrière l'oreille. Ce fut triste, tous ces visages qui s'obstinaient à être beaux malgré l'outrage qu'ils subissaient.

L'abbé de *Saint-Étienne-du-Haut-Pas* reprit :
« Triomphez! mes filles! triomphez! Au contraire de Samson qui sentait s'évanouir ses forces
en perdant ses cheveux, vous avez recouvré,
vous, une incomparable énergie en retranchant
cette vaine parure du néant. Du moins le démon
ne vous saisira plus par là. »

Cette fois, M. l'abbé de *Saint-Étienne-du-Haut-
Pas* joignit le geste à la parole; il éleva les deux
bras en l'air, ce qu'il ne risquait que dans les
grandes occasions.

Égaré, ayant à peine la conscience de ce qu'il
voyait, et il ne voyait que mademoiselle de Rétal,
pâle, méconnaissable, sans ses beaux cheveux,
Francis enfonça ses ongles dans sa poitrine, et il
dit : « Je ne croyais pas que cela fut si horrible!
si horrible! Comme c'est long! Mais tuez-la donc
plus vite et tout d'un coup! »

La supérieure avait monté les marches de l'autel pour se placer à côté de M. l'abbé de *Saint-
Étienne-du-Haut-Pas*.

Elle dit aux religieuses : « Mes filles, il vous
reste encore avant d'entrer dans la famille dont
je suis la mère, à obtenir votre pardon de tous
ceux que vous auriez pu offenser par votre vie
passée. Allez dans les bras de vos parents, sur

leur sein, vous accuser de vos fautes; recevez leur dernière bénédiction, puis quittez-les pour toujours, et venez avec moi qui vous devancerai dans le ciel, si j'en suis digne. Allez! »

Sur cette courte et sèche exhortation, les religieuses coururent se jeter entre les bras de leurs mères. Il y eut des embrassements étouffés, des cris mêlés à des cris, des étreintes douloureuses. L'enceinte gémit. Des frères mouillaient de larmes le visage de leur sœur bien-aimée; les mères recommençaient toujours; rien ne pouvait les arracher de leurs filles. Elles passaient leurs mains sur leurs joues froides, sur leurs petites têtes chauves, comme si elles venaient de naître; elles baisaient leur tête, leurs épaules, leurs mains tremblantes; chères couvées d'enfants qui demandaient pardon de mourir. C'était des silences, des battements de cœur, des sanglots, des adieux, des promesses de se retrouver là-haut. Une mère mettait à sa fille un ruban bleu au bras, afin de la reconnaître dans la foule des ressuscités; l'autre disait à l'autre : « Je t'appellerai de ton petit nom, et tu me répondras comme quand tu étais petite fille. » Comme si les mères et les filles avaient besoin d'un nom ou d'un signe pour se retrouver quelque part dans la création!

Parmi les religieuses, une seule n'était pas
accourue comme ses compagnes vers ses parents;
c'était Constance de Rétal. Isolée ainsi qu'une
pauvre fille sans nom, sans famille, elle laissa
tomber sa tête sur son épaule et pleura. Au
moment où elle élevait son regard vers le ciel,
afin d'y rechercher la protection en qui elle n'espérait plus sur la terre, elle vit un visage aussi
ému que le sien qui la regardait. C'était celui de
Louisiane de Kermaji, la jeune pensionnaire du
couvent du Temple. La pitié de leurs regards,
leur pensée, se croisèrent; elles se pénétrèrent
telles que deux étoiles qui, se levant aux deux
bouts de l'horizon, à des distances incommen-
surables, s'unissent par leurs rayonnements.
Mademoiselle de Rétal et mademoiselle de Kermaji s'enlacèrent, et une amitié éternelle fut
jurée dans leur cœur devant l'autel allumé,
devant le monde, devant Dieu. Et toutes deux
pourtant pensaient à Francis de Cramayenne.
« Il ne sera pas venu, murmurait Constance, et
je vous en remercie, mon Dieu! il aurait trop
souffert! »

Quand les religieuses eurent repris leur place,
la supérieure fit un signe, et l'on apporta dix
cercueils. Chaque religieuse se mit dans un cer-

cueil et resta debout. On jeta dix longs voiles
noirs sur les dix religieuses dont les jambes
fuyaient de terreur.

Ensuite la supérieure demanda à chacune
d'elles si elle s'engageait volontairement à être
sœur grise ; neuf répondirent d'une voix mou-
rante : « Oui. »

Vint le tour de Constance de Rétal, et la supérieure l'interrogea ainsi :

— Constance de Rétal, promettez-vous à Dieu
chasteté, pauvreté et obéissance?

Constance répondit : « Oui ! »

— Le promettez-vous pour toujours ?

— Oui, répéta Constance, en tombant dans les
bras de Louisiane.

— Et moi aussi ! cria du fond de l'église une
voix désespérée, que tout le monde entendit.

VIII

LE SERMON.

Rien n'était changé à la surface. Paris vivait, courait, s'amusait comme si le terrain n'eût pas été miné sous ses pieds. Dans les rues, c'était le même mouvement bigarré d'une population en rabats, en boucles, en perruques poudrées. Des milliers de couvents qui n'existent plus, fouettaient l'air du bruit de leurs cloches, grosses, petites, lointaines, incessantes; carillon infernal et pieux attaché depuis le moyen-âge aux deux pauvres oreilles de Paris. Ainsi qu'au moyen-âge, parfaitement respecté sur ce point, des moines de tous les ordres, des religieux de toutes les congrégations, de tous les costumes, de tous les pays de la chrétienté, roulaient sur le pavé depuis l'aube du jour jusqu'à minuit; les uns portant un mort en terre, les autres revenant du marché,

le dos chargé de légumes et de poissons ; ceux-ci
allant à la cour dans de belles voitures épisco-
pales, ceux-là promenant processionnellement
la châsse du saint dont ils célébraient la fête.
Jamais on n'aurait persuadé à un étranger qu'il
avait sous les yeux une civilisation arrivée au
dernier degré d'agonie. Cela était pourtant.
Depuis un an, les États-Généraux fonction-
naient, et si bien et si vite, qu'ils avaient déjà
prêté le serment du Jeu-de-Paume, qui était
tout simplement le premier serment de déso-
béir au roi ; pris la Bastille, terrible scène
dont la vue seule avait tué madame de Rétal ;
mis la cocarde tricolore au chapeau du roi,
aboli les droits féodaux, confisqué les biens du
clergé. On était donc au commencement de l'année 1790.

Le carême se prêchait à Paris avec la même
ferveur dans les couvents, et la même distraction dans le monde que les années précédentes.
C'était, comme aujourd'hui, une curiosité plus
frivole que pieuse, de courir entendre un prédicateur en renom. On se pressait aux portes des
églises, on achetait les places à un prix fort
élevé à Notre-Dame et à Saint-Thomas-d'Aquin :
religieux enthousiasme, dont le dernier mot était

celui-ci : — Ma foi, ce prédicateur est un bien bel homme.

Le prédicateur chargé du carême au couvent des Sœurs-Grises de la rue du Temple se trouva d'une santé si délicate cette année-là, qu'il manqua de force pour aller jusqu'au bout de sa mission. Deux fois interrompu par une toux alarmante, et obligé de quitter la chaire, il lui fut impossible d'y remonter le jour suivant. Il écrivit à la supérieure afin d'être remplacé. Le contre-temps était malheureux. Où frapper pour avoir un suppléant de quelque mérite au milieu du carême, quand tous les grands talents oratoires étaient occupés? La supérieure s'adressa à l'archevêque. Celui-ci dit avec beaucoup de sens :
— Si vous ne pouvez avoir un prédicateur célèbre, tâchez d'en attirer un parfaitement inconnu. Le conseil fut suivi. Le couvent écrivit à un cloître de Franciscains, où se logeaient d'ordinaire les jeunes prêtres qui n'étaient pas encore pourvus. Dans l'étude et la prière, ils attendaient le moment de l'apostolat. On se hâta aussitôt dans le cloître de satisfaire aux vœux de la supérieure du couvent de la rue du Temple.

Les ruines de ce couvent, déjà délabré à la fin du dix-huitième siècle, se distinguent encore

dans la vieille rue du Temple ; mais que de
soins et de précautions ne faut-il pas employer
pour en ressaisir le dessin au milieu de ces maisons bâties sur une partie de l'emplacement qu'il
occupait! Dans son jardin on a découpé des jardins, et dans ces jardins on a élevé des usines,
des fabriques de cartes à jouer et de moules de
boutons. Les moins contestables restes du couvent, ce sont les vieux ormes, dont les branches
élevées planent l'été, avec leurs feuilles ridées et
leurs oiseaux, sur ces petits murs de boue et ces
petites maisons souffreteuses. Quant au corps de
logis même qui fut le couvent, il a été haché aux
extrémités et défiguré dans l'intérieur. Cependant, ses membres étaient si forts et si caracté-
risés, que par ci, par-là, les nervures de pierre
percent et reparaissent tantôt au détour d'un
escalier, tantôt au plafond d'un appartement. Le
serpent a été mal tué. Sur ces fragments vigou-
reux, qu'aucun bras armé d'une torche ne serait
assez long pour atteindre, des traces de fumée se
voient et attestent que les planchers ont été abais-
sés de sept ou huit pieds au moins. Où est donc
la religieuse mélancolique qui, en glissant sous
ces arceaux de pierre, releva son flambeau et
laissa sur sa tête la trace de son passage nocturne ?

Elle est sans doute sous cette terre humide et triste, dans laquelle des blanchisseuses ont planté les bâtons tortueux qui leur servent à tendre leurs cordes à linge. C'était là qu'était le cimetière du couvent des Sœurs-Grises.

La petite chapelle était éclairée par de petites bougies vertes et rouges, comme il était d'usage pendant la Passion, et les religieuses attendaient à leur place le prédicateur annoncé. Quoique la méditation leur fût recommandée, toutes s'occupaient intérieurement de ce jeune prêtre, dont on ne connaissait ni la figure ni le talent. Au léger déplacement des siéges qui se fit de la porte à l'autel, on devina sa présence; les regards se levèrent un peu sous le voile. C'était lui. Il arrivait sans faste, à petits pas pressés et doux, sans bruit, modestement, et comme il convient à un prédicateur obscur. A peine l'entendit-on lorsqu'il prononça, à mains jointes, la prière dans laquelle il demandait à Dieu de saintes inspirations. Ses traits se perdaient dans la chute d'ombre de la grosse colonne placée derrière la chaire.

D'une voix incertaine, mais distincte cependant, il annonça que le sujet de son discours roulerait sur le caractère de l'orateur chrétien chargé de publier les grandes et terribles vérités de la religion pendant la Passion. Son titre parut un peu long; il ne prévint pas favorablement. Il commença.

A l'exemple des prédicateurs novices, il aima mieux, pour plus de sûreté, interroger sa mémoire que de se laisser aller aux élans de sa verve. Ses phrases ne furent que l'arrangement pénible de ses réminiscences; il enchaîna les uns aux autres des emprunts exacts mais sans harmonie entre eux. Sa parole se ressentit de ce travail mécanique. Elle restait voilée comme son regard, comme son visage. C'était un bruit, un bourdonnement que le premier venu aurait aisément produit. Vainement exposa-t-il combien devait être puissante l'autorité personnelle des Pères de l'Église lorsqu'ils sortaient de leur dévorante Thébaïde, pour raconter dans les Catacombes l'histoire ensanglantée du Sauveur, eux que le même supplice attendait presque toujours au sortir de leur prédication. Il cita à l'appui de son texte les grands noms des Augustin, des Chrysostôme, des Cyprien, des Simon; aucun ébranlement ne lui annonçait l'effet de son discours. La chaire demeurait vide. Mécontent de lui-même et fatigué de la lassitude qu'il produisait parmi ses auditeurs, il éclata tout à

coup, et à la suite de ce déchirement, sa voix
devint sonore, pleine, moelleuse, vibrante;
l'église l'étouffait, il l'élargit; son souffle impé-
tueux écarta le brouillard qui l'enveloppait, et
son visage, baigné de la sueur d'une victoire
pénible, s'illumina d'une blancheur prophé-
tique.

— Ah! mon Dieu, dit Louisiane de Kermaji,
en pressant le bras de Constance de Rétal.

— C'est lui! ajouta Constance, en soulevant
de ses deux mains agitées par l'effroi le voile
abaissé sur son front, et en les laissant retomber
sans force. C'est lui!

— Mais que vous ai-je dit jusqu'ici? ma propre condamnation. Oh! mes chères et tendres
sœurs, reprit Francis, d'un accent mouillé de
larmes, qui suis-je pour prendre la parole dans
cette journée? Je vous ai parlé de nos apôtres
célèbres, et je sais bégayer à peine quelques
idées; j'ai dit combien la pureté de leur belle
vie persécutée ajoutait de poids à leurs paroles,
et moi, je viens, mon Dieu, revêtu seulement
depuis quelques jours du caractère sacré de
prêtre, prendre leur place comme si j'en étais
digne. Je ne suis digne que de votre pitié, vous
toutes qui m'entendez. Oh! ne m'écoutez pas!

ne m'écoutez plus! Hier, j'étais encore pris
dans les liens de ce monde, pour le rachat
duquel celui que je venais vous prêcher est
mort; hier j'étais, savez-vous quoi? un jeune
homme sans innocence, vivant mes jours et mes
nuits avec une affection terrestre, et ne la quittant pas, lui sacrifiant mes pensées et ma vie,
voyant son nom partout aux pages des livres
saints ouverts devant moi, l'entendant partout,
et le répétant sans cesse pour unique prière,
quand je voulais prier. Voilà le prêtre qu'on est
venu chercher. Je parle d'hier, suis-je meilleur
aujourd'hui? Non. Mon repentir est une dérision, car je n'oublie cette si aimée créature
qu'en y songeant éternellement; je l'éloigne de
ma bouche et je l'appelle de ma pensée; j'ai
pris cet habit de prêtre, parce qu'elle est cou-
verte du voile de religieuse, et je ne suis là, mon
Dieu! oh! mon Dieu, punissez-moi! que parce
qu'elle est ici.

La terreur produite par ces paroles avait cou-
ché comme sous un coup de vent toutes les têtes
des religieuses.

Deux figures seules se regardaient face à face
dans la chapelle, et se regardaient fixement.

IX

UNE AMITIÉ SAINTE.

Ici commença entre les deux religieuses un des plus beaux poëmes de l'amitié. Malheureusement, on n'en sait que la plus faible partie. Que de sublimes pages écrites dans leurs cœurs seulement, où nul n'a pu les lire! C'est au moment de se marier avec Francis, que Louisiane apprend, — et comment l'aurait-elle su plus tôt? — que Francis et Constance de Rétal, son amie, sont l'un pour l'autre l'objet d'une de ces passions qui parcourent toute la vie, comme la foudre parcourt du haut en bas un clocher quand elle a frappé sur sa flèche. Elle seule savait de quelle religieuse le prédicateur avait voulu parler le jour du sermon. N'était-elle pas assise près de Constance? n'avait-elle pas senti le froid de ses mains lorsqu'elle avait écarté son voile?

n'avait-elle pas vu son visage, quand le jeune
prêtre, èn proie à un instant de folie, d'amour
et de piété, s'était accusé, du haut de la chaire,
d'avoir aimé, d'aimer encore une religieuse du
couvent de la rue du Temple ?

Elle alla le lendemain vers Constance, à l'heure
de la promenade du soir au jardin, et lui demanda pardon, comme d'une ingratitude, de
l'avoir si souvent entretenue de son mariage
futur avec Francis de Cramayenne. Pauvre amie !
pauvre Constance ! comme elle l'avait torturée
jour par jour depuis un an, en lui parlant du
bonheur qu'elle éprouverait bientôt à échanger
son nom de Kermaji pour celui de la vicom-
tesse de Cramayenne, le nom d'un charmant
officier, qui deviendrait un brave capitaine en
quelques années ! Constance avait écouté ses
confidences sans mourir, sans pleurer, sans
détourner une seule fois la conversation ; Constance, tout entière pourtant au souvenir de M. de
Cramayenne, et condamnée par la réclusion,
par le voile, par des vœux éternels, à ne jamais
se trouver avec lui ! Mais c'était à admirer à
deux genoux tant de résignation. Louisiane se
souvenait encore des conseils que Constance lui
donnait lorsqu'elle lui parlait de ce mariage,

dont chaque heure avançait la réalisation. Élevée avec Francis, elle connaissait son caractère
comme celui d'un frère. C'était par telle manière de juger les choses qu'on se faisait bien
venir de son amitié; il ne se plaignait jamais,
mais la bouderie était persistante chez lui : elle
durait des semaines entières, si on ne lui épar-
gnait pas la moitié du chemin de la réconcilia-
tion, même eût-il tort.

— Vous m'avez appris cela, vous, chère martyre! lui disait-elle, en lui baisant les mains ;
et je ne vous ai pas rendu folle de désespoir!
Que n'est-il libre! pourquoi vos vœux sont-ils
prononcés? je vous ferais une dot et je vous
marierais! et je vous regarderais être heureux.
Tu crois à ma sincérité, n'est-ce pas, chère af-
fligée! reprenait-elle ensuite en mettant la tête
de Constance sur son cœur. Je ne te dis pas cela
parce que tu ne peux plus être à lui, parce
qu'il ne peut plus être à moi, va, crois-le bien,
crois-le bien!

A ces paroles, d'autant plus touchantes que
Louisiane de Kermaji offrait le modèle des pensionnaires espiègles, Constance de Rétal répondait par les mêmes démonstrations d'amitié.
Elle regrettait de toute son âme, et l'on sait si la

sincérite l'habitait, d'avoir été un obstacle au mariage de son ami avec M. de Cramayenne.

— Il aurait été heureux avec vous, disait Constance à Louisiane, tandis qu'il ne le sera pas sur la terre. Elle blâmait la détermination de Francis, qu'elle n'osait appeler une folie.

— Les vœux ne guérissent de rien, ajoutait-elle, il le sait maintenant ; je le savais avant lui. Moi, du moins, j'ai l'excuse de l'obéissance ; qui l'obligeait, lui, à renoncer au monde ? Il aura voulu, oui, il aura voulu, se reprenait ensuite Constance, en tombant peu à peu dans une sorte d'extase triste, me prouver par là que je n'aurai plus à craindre désormais qu'il donne sérieusement son cœur, qu'il partage son nom, qu'il dévoue sa vie à une autre femme. Oh ! m'est-il permis ici, sous ce voile, de me réjouir de ce sacrifice ? Eh bien ! oui, termina-t-elle, je serais morte s'il se fût marié ! Viens, Louisiane, allons prier, s'écria-t-elle en quittant le banc de pierre qu'elles occupaient en ce moment toutes les deux dans le jardin du couvent. Viens ! cette matinée de printemps me trouble, me bouleverse. Qu'ai-je dit ?

Louisiane se leva pour suivre Constance à la

chapelle; mais les dernières paroles de la sœur grise lui avaient fait bien du mal.

Quoique assez riche pour vivre tranquillement dans sa maison d'Arras, M. de Kermaji n'eut pas le courage de refuser une petite tournée en Chine, dans le but de rectifier le gisement de la côte septentrionale du Japon. Louis XVI tenait beaucoup à bien déterminer la configuration de cette partie du globe, vers laquelle il avait déjà envoyé une fois l'illustre et malheureux Lapérouse. M. de Kermaji voulut donner au roi une preuve de son attachement; il quitta Arras, son cher bien-être, son beau jardin, sa fille, à laquelle il vint faire ses adieux à Paris, et il partit pour les mers de la Chine sur un vaisseau qui l'attendait à Cherbourg. Cette circonstance explique la prolongation du séjour de Louisiane au couvent des Sœurs-Grises de la rue du Temple; elle y resterait jusqu'au retour de son père. Jamais elle n'eût consenti à cet arrangement sans la nouvelle intimité qui s'était établie à tant de titres entre elle et Constance de Rétal. De peur de trop exciter la curiosité de son père, Louisiane ne lui parla pas de la nouvelle vocation de M. de Cramayenne, et ce qui semblera d'abord plus extraordinaire, M. de

Kermaji ne parla pas une seule fois à sa fille de Francis, et c'était pourtant à cause de ce mariage avec Francis qu'il l'avait mise au couvent.

On touchait à la fin de l'année 1791 ; la Révolution allait d'un bon pas, elle ne perdait pas son temps; elle démolissait tous les jours quelque chose autour d'elle, hâtant le moment où elle resterait seule debout, où elle n'aurait plus guère qu'elle à maintenir, ce qui ne serait pas le moins difficile de son œuvre. Elle avait tué Favras devant les portes de l'Hôtel-de-Ville, supprimé les parlements, décrété la constitution civile du clergé, ramené le roi de Varennes à Paris, et consommé bien d'autres actes, dont nous aurions à nous occuper si nous écrivions l'histoire de France, au lieu de retracer les vicissitudes renfermées dans quelques pieds de terrain. Si nous rappelons ces actes, c'est que l'imperceptible rouage tournait avec le grand, et que les angles ont la même mesure à leur sommet étroit qu'à leur extrémité immense. Seulement les degrés sont plus petits.

Un mur de douze pieds de haut, menace réalisée, s'était élevé entre la propriété de M. de Rétal et celle de M. de Cramayenne depuis les der-

nières explications que ces deux anciens amis
avaient eues au sujet de Fly, le chien lévrier.
Plus de rapports entre eux; il n'en était plus
de possibles. M. de Rétal, par entêtement plus
encore que par conviction, était allé grossir le
nombre des grands seigneurs qui embrassèrent,
avec Lafayette et Montmorency, la cause de la
Révolution.

Saint-Mandé, reconnaissant, lui avait conféré le
grade de capitaine dans la garde nationale de la
commune. Cet honneur mettait la liberté de son
ennemi entre ses mains, en attendant de le con-
stituer arbitre de sa vie. Il n'est sorte d'ennuis
qu'il ne fit subir à M. de Cramayenne. Il l'obligea
à tenir constamment un drapeau révolutionnaire à chacune de ses croisées, à figurer à
tous les banquets civiques qui se célébraient sur
la pelouse, devant une des principales portes du
bois, disposition atroce qui forçait M. de Cramayenne à manger son potage froid, une de ses
répugnances, et M. de Rétal le savait bien; il
l'accabla en outre de billets de garde, car il
n'avait pas manqué de l'enrôler dans les rangs
de la garde civique. M. de Cramayenne souffrit
pendant plus de deux ans ces vexations sans se
plaindre.

Un jour M. de Rétal, en jetant les yeux sur
la maison de M. de Cramayenne, vit les drapeaux retirés, les croisées fermées, excepté une
seule où flottait un drapeau blanc.

— Un drapeau blanc ! Mon homme est pris,
se dit-il en se faisant suivre du maire et de
quatre gardes nationaux chez M. de Cramayenne.
Mais la porte de la maison ne s'ouvre pas. Som-
mations faites, on l'enfonce..... toute la famille
était partie.

— Il a émigré! s'écria M. de Rétal, il a
émigré! Nous nous retrouverons aux frontières,
ajouta-t-il en remettant son épée de capitaine
dans le fourreau.

X

LA PLACE MAUBERT.

M. de Cramayenne eût émigré beaucoup plus tôt si un malheur, dont il n'avait voulu faire la confidence qu'à M. de Kermaji, ne l'eût condamné à demeurer à Saint-Mandé et à y subir les avanies de son impitoyable voisin. Depuis qu'il avait quitté l'école de Bapaume pour venir à Paris sans la permission de ses supérieurs ni l'agrément de sa famille, et l'on sait qu'il y était venu pour assister à la prise de voile de Constance de Rétal, Francis n'avait donné que des nouvelles vagues de son existence à son père. Il s'était borné à le prévenir de sa sortie de l'école militaire de Bapaume et de son intention irrévocable de n'y plus rentrer. Dans le désir de lui épargner des perquisitions inutiles et fâcheuses peut-être par leur éclat, il le suppliait de ne pas s'occuper de lui. Dès que son esprit serait plus calme et qu'il serait en position de se faire pardonner une conduite dont il ne cherchait pas à justifier la témérité, il irait l'expliquer lui-même. Jusque-là il demandait le silence ; il ne cachait pas qu'il était malheureux et qu'il avait renoncé pour toujours à la carrière des armes. Quoique le caractère invariable et ferme de son fils lui fût connu, M. de Cramayenne espérait toujours qu'il reviendrait d'un projet conçu dans un moment de découragement, et cet espoir avait prolongé son séjour à Saint-Mandé, malgré son désir d'échapper à la haine de son voisin. Quand il se décida à quitter ou plutôt à fuir son habitation, il s'était convaincu de l'inutilité d'une plus longue attente, et du danger de ne pas y mettre immédiatement un terme.

On comprend maintenant pourquoi M. de Kermaji avait évité de parler de Francis de Cramayenne à sa fille le jour où il était allé lui faire ses adieux au couvent.

Francis s'était renfermé dans le cloître des Franciscains ; il n'en était plus sorti depuis le soir de son orageuse prédication au couvent des Sœurs-Grises de la rue du Temple. Trop tard, il reconnaissait enfin l'inutilité de l'assistance qu'il avait demandée à la rigide condition du prêtre. Sa liberté seule était engagée; son cœur, sa pensée, appartenaient encore aux passions du monde, comme il l'avait avoué lui-même avec tant de spontanéité; et l'on ne rentre plus dans le monde, il ne l'ignorait pas, quand on en est sorti par la porte qu'il avait choisie. On n'y pénètre plus que sous une forme presque incorporelle, qu'à titre d'homme de Dieu, chargé de relever les âmes courbées, de ramener celles qui s'égarent, de montrer à côté de la persuasion d'un ange l'impassibilité d'un martyr. Cette force, où la prendre, quand on ne l'a pas en soi! Francis ne comprenait que trop combien il y a de charlatanisme avéré, d'impiété profonde, à indiquer la route aux autres, quand on ne va soi-même que de fossé en fossé; de menacer son semblable s'il ne renonce pas aux choses de la terre, lorsqu'on y fonde soi-même toutes ses pensées, tous ses attachements. Ce n'est pas la peine d'être prêtre pour vivre en contradiction perpétuelle avec les doctrines qu'on conseille à autrui de pratiquer et de suivre! Sa tête se brisait à l'angle de ces réflexions; rien n'en calmait l'effervescence, ni l'étude, ni la prière, ni l'exercice. Il avait demandé en grâce d'occuper,

3*

au fond du jardin du cloître et à la partie supérieure d'une tour en briques consacrée aux observations célestes, pendant la vie de l'avant-dernier supérieur, très-versé en astronomie, une pièce depuis longtemps abandonnée. Hommes la plupart épurés au feu des déceptions, les chefs religieux de la communauté y consentirent, et le dispensèrent en même temps des pratiques pénibles de la discipline. Ils le laissèrent aller sans obstacle jusqu'aux dernières limites de la douleur, dans l'espoir que son retour au calme serait complet. On connaissait plus d'une philosophie dans ces maisons si décriées, trop décriées. Depuis plus d'un an il vivait de cette manière, ne sachant rien des affaires du dehors et ne désirant pas les connaître. Chaque mois on renouvelait ses provisions, et on le laissait. Un jour Francis se leva avec la pensée de confier au supérieur un projet sur lequel il lui fallait avant tout son assentiment. Il descendit de la tour, traversa le petit parc, et se rendit au bâtiment qui était le cloître. Les portes en étaient ouvertes, mais il ne vit personne dans les appartements ; il appela, et aucune voix ne retentit dans les corridors. De portes en portes ouvertes devant lui, il parvint jusqu'à celle de la rue. Il la franchit, et il se trouve au haut du faubourg Saint-Jacques. « L'archevêque, à défaut du supérieur, se disait-il, m'éclairera sur mon projet de voyage ; allons à l'archevêché. »

Le projet de Francis de Cramayenne était celui de saint Xavier et de tant d'autres jeunes imaginations blessées dans leurs tendresses, trompées par les promesses de leur temps, n'importe lesquelles. Comme eux il aspirait à retremper sa vie dans les luttes pour la foi sous un ciel lointain. Ces guerres corps à corps d'un homme avec une nation entière sont héroïques ; si l'on n'en revient pas changé on n'en revient plus. Que de semblables calculs parmi ceux qui allèrent au moyen-âge se faire tuer sous les murs de Jérusalem et d'Ascalon ! C'était en Chine, comme missionnaire de la foi, que Francis avait arrêté le dessein de se rendre. En marchant il supputait avec joie les périls dont il se verrait entouré : les risques d'une longue traversée, la rencontre des pirates, la fièvre en débarquant, les tortures assurées aux chrétiens qui cherchaient à convertir. Que de morts certaines ! « Ah ! pourquoi, comment n'y ai-je pas songé plus tôt ! » murmurait-il, sans remarquer les groupes qui se formaient et discouraient avec une étrange curiosité sur son passage.

Des rires railleurs, un mot grossier, le saluè-rent au détour de la première rue. Il n'entendit pas, il était en Chine. A quelques pas plus loin, un enfant le saisit à deux mains par le bas de sa soutane, et si fort que le morceau fut emporté.

Francis n'en prit pas d'autre souci.

Dans une ruelle où il s'engagea, une jeune femme se mit devant lui comme pour lui fermer le passage.

— Mais, malheureux ! lui dit-elle, vous vou-lez donc mourir? Ma porte est ouverte, entrez, entrez vite !

Il écarta la femme et passa son chemin.

A peine cette femme, tout épouvantée, ren-trait chez elle en fermant sa porte avec vio-lence, de peur d'avoir été vue, qu'une pierre lancée de l'autre bout de la ruelle frappa Francis au visage. « Quelque fragment de tuile se sera détaché d'un toit, pensa-t-il. » Il essuya le sang de sa blessure, et il continua à marcher devant lui.

Cette ruelle qu'il venait de parcourir abou-tissait à la place Maubert. « C'est donc jour de marché, se dit-il, qu'il y a tant de monde et tant de bruit ! » — Un étrange marché en effet ! A un

bout de la place s'élevait, sur une estrade gros-
sière, une table présidée par deux soldats et une
espèce de capitaine, et autour de cette table des
jeunes gens, des hommes, des vieillards même
paraissaient mettre un empressement extraordinaire à écrire leurs noms sur une feuille de
papier posée sur la caisse d'un tambour. A
l'autre bout de la table s'allongeait, fluette et
pourprée, une guillotine.

Francis n'avait pas marché quatre pas sur la
place Maubert, qu'il fut saisi, crocheté par les
pieds, par les bras, par la tête, par le milieu du
corps.

— Au dernier les bons ! hurlait-on à ses oreilles.

— D'où sort-il, celui-là ?

— Est-ce qu'il est resté pour graine ?

— C'est le confesseur du tyran !

— Non, c'est l'abbé de madame Véto...

Francis croyait rêver. Quel rêve !

— Moi, je veux ta culotte, lui dit une femme
de la halle.

— Moi, ton rabat, monseigneur.

— Moi, tes boucles d'argent, je t'en rendrai la
monnaie.

— Moi, tes souliers, tu n'en as pas besoin pour
le voyage que tu vas faire.

— Moi, tes manchettes, je m'en arrangerai
un battant-l'œil ; c'est du fin point d'Alençon :
voyons ça, beau muguet de sacristie.

— Est-ce que tu ne nous laisseras que ta
peau ? lui criaient aux oreilles d'autres nuées de
femmes enivrées, les bras nus, le regard farou-
che, les mains ouvertes près de son cou, pies
braillardes, enragées, sorties effarées du colom-
bier du bourreau.

— Que vous ai-je fait? demanda enfin Francis,
qu'on avait mis un instant sur ses jambes pour
contenter le désir qu'avait de le voir tout le
beau monde de l'endroit.

— Qu'est-ce qu'il nous a fait? Il demande
qu'est-ce qu'il nous a fait : personne ne veut ici
répondre à sa question?

— Je vais tranquillement chez monseigneur
l'archevêque de Paris.

— Il a dit monseigneur !

La place clapota de rire comme une mare à
grenouilles dans une soirée du mois d'août.

— Il a dit monseigneur ! Monseigneur de quoi?
monseigneur du diable ! De quel monseigneur
parles-tu? comment est-il? où est-il logé? de
quel vin boit-il, ton monseigneur? donne-nous
sa pratique.

— Je suis donc fou? réfléchit tristement le pauvre Francis. Cependant c'est bien moi; me voilà au milieu de la place Maubert, j'y suis presque nu et couvert de sang et de boue.

— Comment te nommes-tu, citoyen? lui dit un homme qui vint vers lui du fond d'un cabaret, un verre d'eau-de-vie à la main, une pipe à la bouche et une immense cocarde tricolore sur un bonnet rouge.

— Francis, vicomte de Cramayenne.

— Ah! tu es vicomte! lui dit son interlocuteur. Cela te va bien dans ce moment. Et tu dis cela sans broncher!

— Pourquoi ne le dirais-je pas? j'avoue aussi que je suis prêtre, et que je suis sorti il y a une demi-heure du cloître des Franciscains.

— Tu es noble et tu es prêtre! il ne te manque plus que d'être roi pour être complet. Et où allais-tu?

— Je me rendais chez monseigneur l'archevêque de Paris pour lui demander la faveur d'aller en Chine convertir les habitants au christianisme.

L'espèce de juge rapporteur qui avait questionné Francis avala d'un trait son verre d'eau-de-vie, heurta sa pipe sur l'ongle du pouce afin

d'en chasser la cendre, et, après tous ces mou-
vements lents et précis, il dit à Francis :

— Qu'aimes-tu mieux, ceci ou cela? ceci est
la guillotine, et cela est la lanterne : tu as le
choix.

— Je ne vous comprends pas, répondit Francis.

— En ce cas, tu t'en rapportes à nous. Qu'il
éternue dans le panier, n'est-ce pas , mes oiseaux? dit cet homme en jetant sa question sur
la mer houleuse étendue tout autour de lui et
de Francis.

— Oui! oui! qu'il éternue dans le panier!

— Dieu vous bénisse! cria un Auvergnat qui
prenait le frais à sa croisée.

La tempête sourit au bon mot de l'Auvergnat,
et elle rit plus fort encore quand Francis eut ré-
pondu naïvement :

— Je vous remercie.

— Allons! marche, lui dit le bonnet rouge qui
avait rempli les fonctions de juge, ce n'est pas
loin.

— Mon Dieu! qu'est-ce que tout ceci! se demandait Francis. Où me conduit-on?

Il était déjà sur les planches de l'échafaud
lorsque le capitaine qui présidait aux enrôle-
ments volontaires quitta sa place pour courir de

toute la vitesse de ses jambes. La foule s'écarte devant lui, il fait signe au bourreau permanent d'arrêter, et en deux bonds il est à côté de Francis.

— Mon camarade à Bapaume! s'écria le capitaine en embrassant Francis. Mais on va te tuer, mon pauvre rêveur, lui dit-il; on va te tuer! tu n'as pas l'air de t'en douter. Éveille-toi donc! Nous sommes en pleine république; on a tué les nobles, on a tué les prêtres, on a tué le roi, on a tué la reine.

— Je n'en savais rien, dit Francis, en rendant à son ami le capitaine recruteur ses témoignages publics d'affection; depuis un an j'étais dans la tour du cloître des Franciscains, je n'en suis descendu que ce matin.

— Laisse-moi faire, Francis.

— Citoyens, s'écrie le capitaine en étendant le bras afin d'obtenir le silence, citoyens, ce jeune homme est une malheureuse victime du fanatisme religieux. Ses parents, d'ignobles *ci-devant,* l'avaient cloîtré, muré, étouffé dans un monastère depuis trois ans, et il ignorait que le soleil de la liberté avait lui sur la patrie. Oui! depuis trois ans! Le mois passé, il vous souvient, on chassa de leur antre les Franciscains, mais en les expulsant on oublia dans la tour du cloître ce malheureux qui n'avait jamais voulu être prêtre, et qui rougit d'être noble. Répandrez-vous son sang? n'a-t-il pas assez souffert? voyez sa pâleur, voyez ses souffrances! D'ailleurs, de quoi est-il coupable?

— Grâce! grâce! crièrent ces mêmes femmes qui avaient déchiré Francis avec leurs ongles. Une d'elles monta sur l'échafaud et lui appliqua un gros baiser sur la bouche.

— Je vous offre en lui, poursuivit le capitaine recruteur, un défenseur de plus pour la patrie en danger. Dès ce moment la victime échappée au fanatisme devient soldat de la république. C'est moi qui reçois ici, à la face du ciel, son engagement. Il ne se nomme plus Francis de Cramayenne, mais il prend le nom de cette place patriotiquement populaire... Tu te nommes Maubert, grenadier de la république.

— Vive la république! cria la foule.

Francis et le capitaine recruteur descendirent, dans les bras l'un de l'autre, les marches de l'échafaud.

— Ce soir, dit le libérateur à Francis, tu partiras pour la frontière. Viens signer ton engagement sur le tambour.

— Où est Constance? murmura Francis en quittant Paris le soir même sous le costume de soldat pour se rendre aux frontières, et en passant devant le couvent des Sœurs-Grises de la rue du Temple.

Sur la porte du couvent on lisait à un écriteau :

ESTAMINET NATIONAL.

XI

UN AMI FIDÈLE

Au fond de son âme, quoiqu'il n'osât pas se l'avouer, M. de Rétal ne professait pas un amour très-vif ni très-sincère pour la république; le royaliste s'était déguisé dans un moment d'orgie, mais, sous le déguisement, le royaliste était resté. D'abord il s'était montré républicain pour faire peur à son voisin; maintenant il se disait encore républicain, parce qu'il avait horriblement peur des autres. Par combien de bassesses, d'hypocrisies et d'exagérations ne payait-il pas un déplorable moment de vengeance, et de vengeance inutile! Il ne croyait jamais donner assez de preuves de son civisme à ceux auprès desquels son titre de marquis ne lui serait jamais pardonné, quoi qu'il fît. Depuis deux ans il se maintenait, par un miracle perpétuel, au milieu de ces faux tournoyantes qui fauchaient d'une aube à l'autre des têtes d'hommes. A force d'habileté, il était presque parvenu cependant à convaincre de son patriotisme les plus défiants. De sa maison il avait fait un club; il fut parrain, il nomma son filleul Brutus; il portait de la poudre, il se coiffa d'un bonnet rouge, il endossa la carmagnole; il baptisait autrefois ses roses du nom de Marie-Antoinette, de madame Elisabeth, il eut des roses Couthon, des tulipes Robespierre et Marat; enfin il n'est sorte d'apostasie qu'il n'imposât, avec l'apparence de l'enthousiasme, à ses opinions, à ses goûts, à ses sentiments primitifs. Il n'oublia qu'un point, qu'une chose, qu'une seule chose, et l'oubli de cette chose lui fut fatal, mortel.

Cette chose était son chien.

On se souvient de ses guerres intestines avec M. de Cramayenne au sujet de Fly, et surtout de l'horrible collision domestique née de ce malheureux collier en cuivre sur lequel étaient gravés ces mots : *Je m'appelle Fly, et j'appartiens à M. le marquis de Rétal.* Eh bien! le croirait-on! il oublia, dans ses préoccupations républicaines, d'arracher du cou du chien cet ornement séditieux, de le briser, de l'anéantir.

Un ennemi lut l'inscription, dénonça le marquis par dévouement à la patrie, et M. de Rétal fut aussitôt arrêté, mis en jugement. On sait ce qu'étaient les jugements de la Convention. Accusé de haute trahison, de pactiser avec l'étranger, de regretter l'ancien ordre de choses, M. de Rétal fut condamné tout simplement à la peine de mort. Cependant, comme il avait rendu quelques services à sa commune, ses juges consentirent à ce qu'il fût exécuté, non sur la place de la Révolution, avec le commun des traîtres, mais à la barrière du Trône, qui, certes, portait un autre nom à cette époque.

Fly l'accompagna jusqu'à l'échafaud, prouvant par là, le généreux animal, qu'aux heures de guerres civiles un chien vaut mieux qu'un homme, puisque M. de Rétal avait obligé son meilleur ami, M. le comte de Cramayenne, à s'exiler, et que lui, Fly, n'avait pas abandonné son maître.

XII

L'énergie humaine ne s'éleva jamais si haut qu'à l'époque où la France ruinée, ensanglantée au dedans, méprisée au dehors, tira de ses flancs épuisés quatorze armées, et les poussa aux frontières. Les historiens ont dit ces admirables chocs de toutes les nations contre la nôtre ; je n'ai à parler ici, heureusement pour moi, que de la bravoure isolée d'un jeune homme. Quelques traits de plumes, quelques gouttes d'encre suffiront. Le héros n'exige pas une grande toile ; son biographe n'a qu'une demi-feuille de papier à lui donner.

Francis se battit comme un homme décidé à se faire tuer : on ne se bat jamais si bien. Cent hommes de sa compagnie ayant été détachés pour s'emparer d'une pièce de canon servie par des Autrichiens, il s'offrit pour être du nombre. On l'accepta. Campée sur un mamelon, la pièce dominait la plaine, son feu était incessant. Elle tirait à plaisir. Cinq cents pas étaient sa distance. Après les premiers vingt pas, le capitaine et vingt hommes tombent, et ne se relèvent plus. Il est vrai que les artilleurs autrichiens avaient aussi perdu quelques-uns des leurs, grâce à une fusillade nettement dirigée. Le lieutenant prend le commandement, fait recharger les armes, regarde ses républicains et marche. Seconde volée de la pièce. Cette fois, quarante fantassins sont mis hors de combat; on ne retrouva pas la jambe gauche du lieutenant, lorsqu'on voulut le lendemain lui rendre les honneurs de la sépulture. Les cent hommes étaient donc réduits à trente-huit. Mais ce reste intrépide n'était plus qu'à quarante pas environ de la pièce, qui n'était plus manœuvrée que par trois hommes, car les Autrichiens avaient été touchés aussi. Une question assez grave se présentait. Si les trente-huit survivants arrivaient sur la pièce d'artillerie avant qu'elle vomît la mitraille dont on la gorgeait, la pièce était à eux; si elle faisait feu avant qu'ils fussent sur elle... elle fit feu. Le coup porta en plein. Il ne resta qu'un homme sur ses pieds, qui en usa bien. Francis s'élance, et d'un coup de fusil il tue un canonnier, d'un coup de sabre, il se défait de l'autre, le troisième s'en alla. Francis encloua la pièce.

Quand il rejoignit son corps, le général lui dit :
— Comment te nommes-tu ?
— Maubert, répondit-il, simple soldat de la République.
— Capitaine Maubert, lui dit le général, la Convention te nommera colonel; c'est tout ce que je puis t'offrir. Tu n'as pas d'habit et je n'ai pas de bottes. Viens m'embrasser.

Appelé, ainsi qu'il était d'usage, à rendre compte à la Convention nationale de ses opérations militaires, le général emmena Francis avec lui à Paris. Ils furent admis tous les deux à l'honneur d'une séance spéciale. Le général déposa aux pieds de l'assemblée les drapeaux pris aux Autrichiens; Francis, le maillet à l'aide duquel il avait mis hors de service la pièce de canon. Dans son rapport circonstancié, le général raconta avec le calme et le laconisme militaires le courage réfléchi du soldat debout à ses côtés. Les tribunes applaudirent avec enthousiasme, et l'on connaît l'enthousiasme du public de cette époque volcanique. Dans tous les cœurs, dans

tous les yeux se lisait le désir unanime de voir
décerner à Francis une récompense digne de lui,
digne de la nation. Quand les lions sont bons, le
miel coule de leur bouche comme de la gueule
de celui que tua Samson. Mais elles étaient rares, les récompenses en 93. La Convention déclarait
qu'on avait bien mérité de la patrie, et tout était
dit. Cette récompense en valait certes bien d'autres, et Francis, qui n'en attendait aucune, s'en fût
contenté. Malheureusement il n'était en réalité
que simple soldat ; l'usage s'opposait à ce qu'une
si haute et si solennelle mention fût exprimée
à propos de l'exploit isolé d'un militaire obscur.
En le nommant colonel, la Convention ratifiait
l'engagement du général, mais elle ne payait au
fond par aucun mouvement de générosité une
belle action, sentie profondément par le peuple.
Habitué pendant des siècles à voir prodiguer les
distinctions, les titres, les honneurs, auxiliaire
vital des monarchies, le peuple ne pouvait encore
s'habituer à une reconnaissance ineffective, purement mentale, et pour ainsi dire toute de tête.
Il n'avait à donner que des pleurs d'admiration,
des cris sortis de l'âme, et cela le tourmentait
comme une ingratitude, à ce brave et noble enfant debout devant lui, peuple souverain, debout

en face de la plus formidable assemblée qui se soit jamais trouvée au monde. La noble modestie, la douce candeur de Francis qu'il appelait l'intrépide Maubert, augmentaient encore ses regrets.

Embarrassée de cet énergique accueil fait par le peuple au jeune soldat, la Convention cherchait à concilier ses devoirs, prescrits par des règlements inviolables, avec cet immense désir de gratitude qui se manifestait comme un ordre autour d'elle. On ne sait de quelle manière se serait terminée cette anxiété si honorable pour Francis, si tout à coup les portes de la salle ne se fussent ouvertes pour laisser passer, au bruit du canon qui tonnait sur la place du Carrousel, au murmure confus de vingt mille voix, au bruit des pas tumultueux qui foulaient le parquet des salles voisines, pour laisser passer, disons-nous, et défiler devant la Convention, toute une procession civique.

Les membres se levèrent; le peuple battit des mains. On se découvrit.

C'était la déesse de la Raison, qui, en traversant le quartier n'avait pu se dispenser de rendre une visite de politesse à ceux qu'elle inspirait si bien. Son cortége était une population, une armée.

D'abord venait l'Agriculture, vêtue mi-partie en Cérès, mi-partie en Pomone, portant des gerbes de blé sur la tête, des fruits dans son tablier, le tout en carton, et ayant au dos cette inscription : *plus de dîmes, plus de corvées !*

Après l'Agriculture, venaient les Métiers, représentés chacun par un mandataire particulier, qui portait d'une manière visible le produit de sa profession. Le tailleur étalait une carmagnole modèle ; le chapelier montrait un bonnet rouge, symbole légèrement contradictoire ; le cordonnier, une paire de souliers ; l'horloger une pendule ; ainsi des autres. Chaque symbole s'arrêtait devant le président, qui lui rendait le salut.

Ensuite s'avançait l'Innocence, sous les traits d'un bel enfant nu, paré de guirlandes artificielles.

L'Innocence était suivie de la Probité, chargée et drapée d'assignats.

L'une et l'autre précédaient la Religion, sous les traits d'un homme sage. Il était réputé sage parce qu'il avait une tunique grise et une longue barbe blanche.

Immédiatement après la Religion, marchait la Morale. C'était une femme d'âge mûr, tenant un livre ouvert sous ses yeux. Ce livre était la

Philosophie de Delisle de Salles, avec vignettes.

Les Jeux, les Ris et les Amours se plaçaient entre la Morale *et les anciens Préjugés des temps à jamais odieux.*

C'était la noblesse en habits de marquis. Que d'outrages avaient reçus la soie et les dorures! Premier préjugé.

C'était la Magistrature ayant à la main les principaux instruments de torture. Second préjugé.

C'était le Fanatisme habillé en inquisiteur. Troisième préjugé.

C'était encore une foule de Préjugés du second et du troisième ordre.

Suivait immédiatement le vaisseau de l'État, construit dans les proportions d'une forte chaloupe, fixé sur un plateau mouvant. De temps en temps le Fanatisme et la Banqueroute saisissaient les cordes pendues le long du vaisseau et cherchaient à le renverser; mais la Liberté, une femme coiffée du bonnet phyrgien, refoulait à coups de piques les deux monstres, qui reprenaient leur place dans le cortége. A la poupe du vaisseau s'élevait la Bastille à demi-foudroyée par le tonnerre.

Enfin paraissait, dans un char doré comme les anciennes voitures de la cour, c'est-à-dire doré

partout, au timon, sur les roues, la déesse de la
Raison, à demi-nue ; elle tenait d'une main un
exemplaire des *Droits de l'homme* et elle s'appuyait sur l'épaule d'une jeune fille qui représentait *une victime de l'abus de l'autorité paternelle*, origine du despotisme, source de toutes
les calamités sociales.

Un frémissement d'admiration émut l'assemblée et le peuple des tribunes à l'aspect de ces
deux belles créatures, choisies entre les plus
belles.

Francis poussa un cri qui domina tous les cris.
Il pâlit, il chancela, il voulut parler ; ses deux
bras restèrent tendus, mais sa bouche ne rendit
aucun son distinct.

La Raison était la belle, la superbe Louisiane
de Kermaji ; la Victime de l'Autorité paternelle,
Constance de Rétal.

L'exclamation, le mouvement, le geste de
Francis, furent pris par tous les spectateurs de
cette scène pour le témoignage irrésistible, spon-
tané, d'une profonde admiration. Et comme on
se gênait fort peu à cette époque dans la mani-
festation des sentiments, même les plus vifs, on
imagina que la surprise du jeune Maubert
n'était pas exempte d'amour.

Le président comprit la pensée secrète de la foule. Après avoir ordonné à Francis de s'approcher du char, qui était arrêté au milieu de la salle, il lui dit :

— Maubert, ta récompense, la voilà ! Choisis pour épouse celle de ces deux filles qui te plaît le mieux. La Nature verra avec plaisir ton choix, et la Nation sera heureuse de penser qu'elle a fait quelque chose pour ton bonheur.

Des bravos, des piétinements frénétiques, des applaudissements qui éclataient à la fois comme un gros orage chargé de grêle, prouvèrent au président qu'il avait l'approbation du peuple souverain.

Au milieu de l'orage on entendit ces mots qui le traversaient comme l'éclair :

— C'est cela ! disaient les tribunes.

— C'est cela ! mugissait la foule qui avait pu abolir pièce à pièce tous les cultes, toutes les vieilles habitudes, mais qui gardait encore, intacte et entière dans son âme, l'éternelle religion de la beauté. Au plus brave la plus belle, semblait-elle dire, retrouvant dans une circonstance chevaleresque une des plus heureuses maximes des preux chevaliers.

Elles étaient bien belles, il faut le dire, ces

deux jeunes filles arrachées à l'ombre des couvents le jour où la Révolution en avait brisé les
grilles, et que la nation n'avait cru pouvoir mieux
indemniser de tant d'heures de captivité, de tant
de souffrances, de tant de persécutions, qu'en les
promenant de carrefour en carrefour, qu'en les
produisant sous le ciel comme des preuves d'une
abominable tyrannie.

Ces saturnales patriotiques, qui étaient bruyan-
tes, scandaleuses, ridicules à l'excès, n'étaient
nullement indécentes en elles-mêmes. Si Loui-
-siane et Constance furent exposées aux yeux de
la populace, aucun outrage ne fut commis envers elles. C'était de l'ivresse, de l'extravagance,
de la folie, rien de plus. Après avoir eu peur, les
deux religieuses semblaient s'être résignées au
spectacle pour lequel on les avait trouvées bonnes. Louisiane justifiait l'idée colossale que le
peuple s'est formée en tout temps d'une déesse,
d'après les croyances plastiques venues du paga-
nisme. Son front, ses grands yeux bretons, sa
bouche fière, ses épaules audacieuses, ses bras
blancs comme ceux de Diane courant les grandes
chasses, réalisaient le type dont elle était la vivante image. Le manteau de velours rouge, le
bonnet immortel de la déesse, ce bonnet si sim-

ple et si hardi qu'aucune nation, pour insolente qu'elle ait été, n'a fait tomber, et c'est tout ce que Louisiane portait, ce bonnet et ce manteau de pourpre relevaient ces belles chairs par une simplicité antique.

Constance, assise aux pieds de Louisiane, et mise pour ainsi dire sous sa protection, tenait lieu du bas-relief à la statue. Moins de saillie, plus de finesse et de modestie, autant de charmes. Si ce n'était plus la religieuse, la sœur grise du couvent de la rue du Temple, c'était toujours la femme inclinée et pieuse des bas-reliefs antiques, la femme au long voile, touchant d'une main pensive à ses cheveux, soulevant dans l'autre la lampe de la méditation.

Dieu seul sait au juste ce qui se passa dans l'âme de Francis de Cramayenne, à la fois prêtre par le titre, homme par le cœur, soldat par hasard ; à la fois retenu, lié, enchaîné par des vœux éternels, libre aussi de prendre Constance dans ses bras, de la presser sur son cœur, d'en être le possesseur et le maître, et forcé de se décider sur-le-champ, à la minute, en présence de cette terrible Convention nationale, dont les désirs étaient des ordres, qui venait de lui dire : « L'une de ces deux femmes est à toi : Choisis ! » Elle était

galante ce jour-là, la Convention. Malheur si on
refuse de se laisser caresser par la patte du tigre
quand il est bon! sous le velours, l'ongle. Et
puis n'était-ce pas sauver Constance, l'arracher
à cet horrible martyre de la publicité, n'était-ce
pas les sauver toutes deux, Constance et Louisiane, que de se marier avec l'une d'elles?

Constance et Louisiane pleuraient de honte, de
joie, de surprise, de peur et d'espoir dans les
bras l'une de l'autre,

Le peuple prit cette effusion pour un mouvement de pudeur. Il se tut avec respect. Le président attendait.

Il attendit encore dix minutes.

Le silence de Francis se prolongeant, le président dit d'une voix qu'il rendit aussi aimable
qu'il put :

— Puisque le brave Maubert est trop galant
pour se décider, pour montrer une préférence
exclusive, l'assemblée prie la Raison et sa proté-
gée de s'entendre et d'arrêter quelle sera celle
des deux qui s'offrira pour épouse.

La main de Constance étreignit vivement celle
de Louisiane. Qui n'aurait compris que cela voulait dire : Sois sa femme! moi je ne puis l'être?

Louisiane n'eut pas ce courage-là. Ce ne fut

pas elle qui osa répondre à la proposition du président.

Et comme les tribunes regardaient! écoutaient! attendaient!

Après un nouveau et dernier délai, le président, s'adressant à Francis, lui dit :

— Maintenant, Maubert, tu peux, sans blesser l'amour-propre de celle que tu ne choisiras pas, offrir la main à celle que tu désires avoir pour compagne.

Francis tendit sa main droite toute tremblante, et sans force, à Constance de Rétal, qui la prit pour descendre du char.

— Au nom de la loi, dit alors le président, soyez unis, Constance, fille Rétal, et Maubert, colonel de la République. Vous êtes mariés! Greffier, prenez acte.

On aurait entendu le canon qui tira en ce moment, si le peuple n'eût aussi salué par ses accents d'ivresse ce mariage patriotique.

XIII

LE RETOUR A SAINT-MANDÉ.

DIX-SEPT ANS APRÈS.

Un jour de l'année 1810, au mois d'août, une calèche de voyage s'arrêtait devant la grille d'une maison de campagne de Saint-Mandé, et sur le sentier de gazon et de sable qui se dessine entre le bourg et le bois de Vincennes. C'étaient de nouveaux propriétaires, venant prendre possession et s'installer chez eux ; on ne pouvait en douter à la politesse du jardinier placé à l'entrée, son bonnet blanc à la main. Trois personnes descendirent de la calèche : deux femmes encore fort jeunes, mises avec une simplicité élégante, et un homme de trente-six à trente-huit ans. A peine la grille fut-elle ouverte, qu'ils s'élancèrent à pas précipités dans la sinueuse allée de mélèzes plantée de l'entrée à la maison même. Tout en conduisant lentement derrière eux

le cheval et la calèche, le jardinier paraissait
émerveillé de l'empressement de ses nouveaux
maîtres. Ce désir d'arriver finit par être si impé-
rieux chez eux, qu'ils se mirent à courir comme
des écoliers se défiant de vitesse.

Les forces leur manquèrent à tous les trois, et
ce fut moins de fatigue que d'émotion, lorsqu'ils
se trouvèrent dans la cour de la maison. L'homme
s'assit épuisé, le visage baigné de sueur, sur un
banc de pierre, à l'ombre d'un grand mur couvert de lierre; l'une des femmes allait, comme
une folle, embrassant chaque objet qui se trouvait
devant elle, le tronc d'un vieux tilleul tortu, à
demi-mort, un anneau de fer rouillé scellé dans
le mur, tout près de l'écurie, des pots de fleurs,
en faïence verte, rangés sur les bords de la
croisée.

Aucun d'eux n'entendit d'abord les gémisse-
ments d'un chien enchaîné dans sa loge.

Constance la première les remarqua, et le
regard distrait comme lorsqu'on se souvient
après un long oubli, elle écouta mieux, et elle
alla ensuite vers le chien, qu'elle tira doucement
par sa chaîne, hors de sa loge.

Le chien se coucha aussitôt à plat-ventre aux
pieds de Constance, remuant sa longue queue

pelée, tremblant comme s'il avait eu bien froid,
promenant en l'air son museau inquiet et heureux, montrant à celle dont il appelait les ca-
resses, sa pauvre tête décrépite, osseuse et dégar-
nie, ses yeux d'un gris nébuleux et terne.

Fly était aveugle.

Autour de cette affectueuse créature, qui avait
alors vingt-deux ans, Francis, Louisiane et
Constance pleurèrent comme des enfants, sans
avoir honte de leur sensibilité. De leurs mains
émues, Constance et Francis caressaient le dos
frémissant, la tête agitée de Fly. Ils lui disaient :

— Mon vieux Fly, mon bon Fly, mon ami Fly,
tu t'es donc souvenu de nous? tu nous as donc
reconnus?

La joie prêtait une âme intelligente au pauvre
chien. Une espèce de roucoulement tendre,
étouffé, continu exprimait son bonheur. Constance ayant pris la tête du chien et l'ayant placée
sur ses épaules, Fly faillit mourir de cet excès
de tendresse pour lui. Il ne gémissait plus; il
n'aboyait plus; il soufflait, et ses côtes battaient
fort. Francis le prit alors dans ses bras et le
porta au soleil. Peu à peu la chaleur le ranima.
Fly se sentait si bien et si rajeuni apparemment
après cette secousse, qu'il se leva, se mit à aboyer

et à courir à travers le potager, comme lorsqu'il avait trois ans. Il avait oublié qu'il était aveugle.

La journée entière fut consacrée par madame de Cramayenne et son mari, qu'accompagnait Louisiane, à revoir les endroits où s'étaient écoulées si contraintes, et toutefois si regrettées, les premières années de leur jeunesse. Acquéreur des deux propriétés, de celle de son père, M. de Cramayenne, et de celle de M. de Rétal, l'une et l'autre confisquées par la République en 93, pour être vendues plus tard, à vil prix, à un tanneur du faubourg Saint-Antoine, Francis, qui les avait rachetées à ce dernier, les visita en détail, s'arrêtant, se souvenant à chaque pas. Là son père, mort depuis dans l'exil aux États-Unis, avait l'habitude de s'asseoir. Il écrivait sur cette table ; il déjeunait sur celle-ci. Tous les meubles étaient encore à leur place, vieux sans doute, très-vieux, mais c'étaient bien les mêmes. Quelles douces relations, impossibles à confier à l'insuffisance de la plume, s'établirent entre l'âme de ces vieilles boiseries, de ces vieilles étoffes vertes et jaunes flétries comme des fleurs cueillies depuis longtemps, et l'âme de Francis de Cramayenne ! C'est lui qui avait fait cette tache au tapis, donné ce coup de canif aux ri-

deaux, il y avait plus de vingt ans. La même
adoration du passé s'exhala du cœur de Constance,
en parcourant sa propre maison, celle où sa
mère ne l'avait pas aimée, mais où elle, excel-
lente fille, avait tant aimé ses chères petites
sœurs, ses chers petits frères, passés en Russie
avec leur oncle, après la mort si tragique de M. de
Rétal.

Rien qu'eux maintenant, après dix ans de séjour en Allemagne, rien qu'eux de ces deux
nombreuses familles, rien que lui, rien qu'elle,
rien que Francis et Constance, eux qui pendant
quinze jours ne trouvèrent pas dix minutes autrefois pour se dire adieu. La journée fut bien
pleine. Le soir ils eurent besoin du spirituel
enjouement de Louisiane; ils étaient accablés.
Elle ne les laissa pas un instant à leurs pensées.
Elle avait reçu une lettre de son père, capitaine
de port en Hollande, où Napoléon l'avait placé
comme un des hommes sur lesquels il comptait
le plus, pour faire respecter le blocus continen-
tal; elle leur en donna connaissance. A cette
occasion, elle parla de ses voyages sur mer, de
tous les voyages et de tous les voyageurs, et
de toutes les mers. Il était déjà minuit; Louisiane s'arrêta tout à coup pour demander d'où

venait le bruit d'un cor de chasse qu'elle avait
entendu.

— Ce sont les sentinelles du château de Vincennes qui se répondent, lui dit Constance. M. de
Cramayenne et moi connaissons cela.

— Mais on doit voir le château comme en
plein jour, par ce beau clair de lune, ajouta Louisiane ; si nous montions quelque part pour le voir.

— Rien n'est plus facile, dit M. de Cramayenne,
d'une des chambres de la maison, de celle que
vous occupiez, je crois, ajouta-t-il en s'adressant
à Constance, on découvre d'un côté jusqu'à Charenton ; de l'autre, jusqu'à Nogent. N'ai-je pas
bonne mémoire ? Venez, dit-il à Louisiane,
nous allons vous contenter.

Ils montèrent au second étage, à l'ancienne
chambre de Constance, et de la croisée ils eurent
un des plus beaux spectacles dont on puisse jouir
l'été aux environs de Paris. Les masses solides,
déliées, du château de Vincennes, montaient dans
l'air avec une grâce que la nuit seule donne aux
monuments. Aux pieds de cette formidable
masse qui briserait, si une étincelle s'y intro-
duisait, ce vaste paysage, se distinguaient un à
un, groupe par groupe, les milliers d'arbres de
la forêt de Vincennes.

— Cette ligne blanche, disait Francis à Louisiane placée près de lui, est la grande route; cet obélisque est un rendez-vous de chasse; cet espace est le cimetière de Charenton; cette montagne est la butte qui sert aux exercices des artilleurs; en passant par-dessus ce carré d'arbres au feuillage blanchâtre... — Francis, qui avait tendu la main pour la désigner aux deux amies, ne la retira pas. Son explication resta suspendue comme sa main...

— C'est... Constance va vous le dire, dit-il enfin, en se tournant vers Constance, qu'il croyait debout derrière lui.

Constance n'était plus là.

L'arrivée des nouveaux propriétaires des deux maisons de campagne longtemps inhabitées, avait rallumé les méchants propos de Saint-Mandé, dont la population, en se renouvelant tout entière pendant la Révolution, s'était décuplée.

— Quels sont ces gens-là? se demandaient les voisins. Ces deux femmes sont-elles sœurs et ce monsieur est-il leur frère ou bien est-il le mari de l'une des deux? Mais s'il est marié avec l'une, pourquoi l'autre n'est-elle pas mariée? De laquelle des deux est-il d'ailleurs le mari? Peut-être, ajoutaient-ils encore, car on ajoute toujours à Saint-Mandé, elles ne sont pas sœurs, et lui n'est pas marié. Mais alors à quel titre demeurent-ils ensemble ? Il est bien trop jeune pour être leur père. S'il n'est ni père, ni mari, ni frère, qu'est-il donc ?

On voit que les suppositions marchaient d'un bon pas à Saint-Mandé.

Les bons voisins dirent encore, au bout d'un mois :

— D'où viennent ces gens-là ? que font-ils ? qui voient-ils ? Ils ne visitent personne, personne ne les fréquente. Il faudrait pourtant le savoir.

Enfin ils en débitèrent tant, que les nouveaux venus passèrent sinon pour de mauvaises gens, du moins pour des gens fort suspects.

A cette époque si glorieuse pour la France, Napoléon se livrait quelquefois au plaisir de la chasse dans le bois de Vincennes, et l'on sait qu'aux alentours des domaines de la couronne destinés à cette distraction impériale, la police exerçait une surveillance dont les traditions ne sont pas perdues. Les maisons de campagne rapprochées de la limite des endroits de chasse étaient de sa part l'objet d'une vigilance perpétuelle. Elle connaissait le passé, les mœurs, les opinions des propriétaires circonvoisins. Les bons habitants de Saint-Mandé eurent l'habileté de faire partager à la police impériale leur mauvaise opinion sur les étrangers qui occupaient depuis six mois les deux maisons si rapprochées du bois de Vincennes. L'éveil fut donné. Il y eut des soupçons, des espionnages; des rapports furent dressés. Cela vint jusqu'aux oreilles du ministre de la police. On n'y allait pas de main morte en ce temps-là.

Le ministre de la police se rend à Saint-Mandé, sonne à la grille et se fait aussitôt introduire, quoiqu'il fut à peine trois heures du matin, dans l'une des deux maisons, qu'occupait jadis la famille du marquis de Rétal. Devant lui est un colonel de gendarmerie; les portes de tous les appartements s'ouvrent. Ils ne voient rien qu'un ordre parfait dans chaque pièce. Ils entrent dans la chambre à coucher de Constance; le lit n'était pas défait. — On s'est donc enfui, se dirent le ministre de la police et le colonel de gendarmerie, qu'il n'y a personne ici? Les domestiques ne répondent pas. Ils montent aux greniers; une lumière dont les rayons traversent les fentes d'une vieille porte les frappe; ils poussent du pied cette porte, et que voient-ils?

Deux femmes à genoux, en costume de sœur grise, priant devant un petit autel sur lequel veillait la lampe dont la lueur avait été aperçue.

Surprises, Constance et Louisiane se lèvent avec effroi et suspendent leurs prières.

— Que faites-vous là? leur demande le ministre de la police.

— Vous le voyez, nous prions.

— A cette heure!

— Nous prions toute la nuit, monsieur, mon amie, pour suivre l'exemple que je lui donne; moi, monsieur, parce que j'ai fait vœu, en 1788, de pauvreté, de chasteté et d'obéissance. J'accomplis ce vœu sur la terre.

— Mais vous êtes ici avec une autre personne, un homme? dit enfin le ministre de la police.

— Oui, monsieur, avec mon mari, M. Francis de Cramayenne, qui habite cette maison en face de la nôtre.

— De Cramayenne! s'écria le colonel de gendarmerie, le brave Maubert, n'est-ce pas?

— Vous le connaissez donc, colonel? demanda le ministre de la police.

— Si je le connais?... un des plus braves soldats de la République.

— Un prêtre, monsieur, murmura tout bas Constance.

— Je le sais, madame, je le sais.

— Venez, monsieur le ministre, je vous raconterai toute cette histoire, dit le colonel de gendarmerie. Et, se retournant vers Constance :

— Dites au brave Maubert, madame, que le camarade de Bapaume vit encore !

FIN DU CAPITAINE MAUBERT.

LES TROIS PERSANS

HISTOIRE D'UNE POPULATION EN GAGE

Quand on aura découvert un chemin pour aller au pôle, ce chemin, j'imagine, ne pourra servir qu'une fois. Celui qui y aura passé le premier ne le laissera pas derrière lui, par le seul fait de son heureuse tentative, pavé et dallé, éclairé par des réverbères. Peut-être s'écoulera-t-il trois mille ans avant qu'un second vaisseau ne prenne la même voie, qui sera probablement perdue sous des montagnes de glace. Chaque année cependant les nations civilisées se croient dans l'obligation d'envoyer un vaisseau vers le

pôle nord, à la recherche d'un passage. Plus de
cent millions ont été dépensés à ce jeu ruineux,
d'où l'on ne retire comme gain que quelques
peaux de rennes, des maladies scorbutiques, et
des relations qui, depuis deux siècles, ne relatent
rien. On aimerait encore mieux néanmoins
ceux qui vont aux pôles, que ceux qui se déso-
lent toute leur vie pour savoir s'il pleut ou non
dans la lune. Les uns et les autres me paraissent animés d'une curiosité louable, mais peu
naturelle, quand on songe à l'estime plus grande
dont ils se rendraient dignes en ambitionnant seulement l'orgueil modeste de nous apprendre si
l'intérieur de l'Afrique est peuplé, et de quelle
manière on laboure en Perse. Je ne parle pas de
la Chine, qu'après bien des efforts d'esprit nous
ne parvenons à nous peindre que sous la forme
d'un immense paravent de laque ou d'un vaste
bol de thé. Admirons les gens qui ont pour nous
la vanité de croire que nous n'avons plus rien
à connaître. Superbe bonhomie! quand il ne
faudrait peut-être qu'une feuille du Japon,
qu'une invention déjà usée par les peuples de ces
contrées, pour nous bouleverser physiquement
et moralement! Le bouton d'une vache nous
rachète tous tant que nous sommes du péché de

la laideur, de la petite vérole, et nous voilà tous
à peu près beaux, de bossus, de borgnes, de boi-
teux, de hideux que, dans la proportion de deux
sur cinq, nous ne manquions jamais d'être autrefois.

Il existe un pays qu'on appelle la Perse : qu'en
connaissons-nous ? Autant que du monde entier,
pas la centième partie. La Perse ne nous envoie
des ambassadeurs temporaires que dans certaines
occasions diplomatiques, et nos représentants
consulaires ne résident guère que dans les villes
maritimes de l'Asie-Mineure. Plus patients, plus
ingénieux que nous, les Anglais et les Russes ont
créé un excellent moyen de s'instruire des
mœurs, des usages et des coutumes des pays
nouveaux pour eux, c'est de s'en emparer, à titre
de curiosité. Parle-t-on aux Anglais d'une contrée neuve, éloignée, fertile, bien gardée par des
rochers, ouverte sur une large rade, ils y expé-
dient aussitôt un voyageur, un savant, un homme
indifférent aux yeux des nations jalouses ; au bout
d'un an, un vaisseau à vapeur, sous le prétexte
d'aller chercher le savant, fait voile, sans affecta-
tion, vers le pays convoité. Il arrive, le voilà au
port. D'ordinaire, le mauvais temps, la mauvaise
saison, dont l'obstacle propice a été prévu, em-

pêche le vaisseau de repartir sur-le-champ pour
l'Angleterre. On a d'ailleurs à se reposer; l'occasion est naturelle : on descend, on s'établit
à terre; des magasins sont construits. Recon-
naissants de l'hospitalité, les Anglais répandent
d'excellent thé, du café délicieux, du tabac eni-
vrant parmi les habitants. Pourquoi, demandent
ces derniers, au moment d'un départ toujours
retardé, ne reviendriez-vous plus? Nous vous
préférerions à tous les autres voyageurs. Les
Anglais ont l'air de céder par complaisance, par
pure courtoisie; ils installent un an après un
consul sur la localité. Au bout de trois ans, visi-
tez la localité, tout y est anglais : la monnaie, le
pavillon, les modes, les cafés, les journaux.
A peu de choses près, les Russes ne se condui-
sent pas autrement; ils sont plus polis de formes
s'ils sont beaucoup plus fins. Un Russe est un
Anglais tanné sous la peau d'un Français.

De même que tout franc musulman doit sa
fille, si elle est belle, au Grand-Seigneur, de
même un Russe appartient avant tout à la volonté
inquiète de son souverain. Dans chaque résident russe à l'étranger, l'empereur compte un
ambassadeur privé, dont à son gré il allonge ou
raccourcit le fil de l'absence. Ces amis fidèles

n'écrivent rien; ils se souviennent. Au retour,
ils causent, ils ne rapportent pas. Ainsi tout s'ac-
complit sans bruit. Au-dessus, un salon; au-
dessous les mines. Ce gouvernement est la mer
Caspienne, une eau morte, dont le bassin s'ali-
mente par des voies inconnues. Au contraire,
quand la soif de conquérir presse le Français, il
commence par crier sur les toits qu'il est temps
de délivrer tel ou tel peuple du joug de l'esclavage. La nouvelle est connue du monde entier,
avant même le départ du premier vaisseau de
l'expédition. Et de là vives discussions dans les
journaux, avilissement profond du projet, contre
lequel tous les gouvernements sont mis en garde.
Et que n'y a-t-il pas encore à dire sur nos procédés de coloniser, qui ne colonisent pas! — J'ai
cependant le souvenir d'un gouverneur d'Alger
à recommander à la mémoire reconnaissante des
métropolitains. — Un Français court chercher fortune à Alger. « Puisqu'on ne peut rien fonder ici,
dit-il, fondons un journal; j'appellerai les peuples de l'Algérie à leur indépendance naturelle. »
Par la raison que beaucoup de journaux sont
destinés à cesser de paraître, celui de notre aven-
turier fit son apparition. Le premier numéro
était superbe d'insubordination; les Bédouins y

étaient qualifiés de frères, de coreligionnaires politiques. Homme de sens, le gouverneur appela le journaliste, et lui dit avec douceur : « Monsieur, Alger n'est pas gouverné par la charte, mais par des ordonnances; si votre second numéro doit être semblable au premier, je vous prierai de retourner en Europe, où vous devez être regretté. » Un vaisseau était à l'ancre : le publiciste partit dans la nuit pour Toulon, clôturant la collection de son journal au premier numéro.

Arrêtons-nous là ; ne donnons pas les proportions d'un article de haute polémique à une histoire toute pleine de l'ambre et du musc d'un conte oriental, qui méritait d'être écrite par quelque belle imagination en turban bleu et en babouches roses. Je parle d'écrire ! Pourquoi écrire de telles choses ? C'est un muet, un être incomplet qui a dû inventer l'art d'exprimer avec d'affreuses figures longues, noires et crochues des idées qu'on aimerait mieux confuses, nombreuses, vives, perdues l'une dans l'autre comme les lames de l'Océan, en tombant des lèvres distraites du narrateur, que mises goutte à goutte en bouteille. Le ciel et la mer en bouteille, c'est là tout l'art d'écrire.

Que vous écouteriez avidement, près de la source aux trois palmiers, au coucher du soleil, un de ces candides conteurs de Bagdad qui vous dirait, avec des poses sérieuses coupées de bouffées de tabac montant lentement de sa bouche à son front, pour y rester suspendues, l'histoire des trois Persans de Khosrew! On dit si bien quand on n'est pas tenu de bien dire! Tout est charmant : les longueurs, les répétitions, les erreurs d'histoire et de géographie ; tout est permis. On rit le premier, on pleure de voir pleurer les autres ; le conteur a une rose entre les doigts au lieu d'une affreuse plume, et, quand il a fini de parler, on lui met une poignée de dattes fraîches dans la main, au lieu d'une poignée d'argent, ce métal qui pue.

Khosrew est un village persan soumis à la domination russe, comme toute la Perse le sera un jour. En vertu de quel droit? Probablement en vertu de celui qu'ont les Anglais de garder les Indes, Gibraltar et tant d'autres endroits de la terre dont les titres de possession n'ont pas toujours été dans leurs archives. Dès que la conquête est dans les mœurs de toutes les nations, elle n'est un crime pour aucune d'elle ; les moins bien partagées sont les plus maladroites. Conquérir avec le sabre ou avec l'eau-de-vie, avec des bibles ou de l'opium, ce n'est que varier les moyens d'usurpation.

Il n'est permis qu'au philosophe et au poète d'élever la voix contre ces invasions adultères, infécondes, monstrueuses, dont la violence, même dans un temps éloigné, n'offre pas de justification possible. Un Russe est l'homme des pays froids; sa terre, c'est la neige; son soleil, c'est la lune; que le pôle nord soit à lui. Quel rapport y a-t-il entre la Perse et la Russie? En quoi un melon doré de Téhéran se rattache-t-il à une pelisse de renard d'Archangel? On aimerait autant voir un corbeau chercher à se loger dans une ruche d'abeilles que de voir un Kalmouck dans la vallée de Chiraz, célébrée avec tant de charme par le poète Hafiz.

Quoi qu'il en soit de nos raisonnements, les Russes s'emparent graduellement, d'année en année, de la Perse. Les riches habitants de la contrée sont imposés, et à leur tour les riches frappent les pauvres de contributions. Quand les coffres sont pleins, on les dirige vers Saint-Pétersbourg, où l'on convertit les tomans en palais d'hiver et en palais d'été; car, à Saint-Pétersbourg, on a la fatuité nationale de posséder un

été ; j'ignore sur quel peuple cet été là a pu être
conquis. Par suite du traité de 1828, les Russes
condamnèrent les Persans à leur payer une
somme exorbitante. Chaque ville principale ou
secondaire entrant pour sa part dans la dette,
Khosrew, qui n'est qu'un petit village, fut taxé
à cinq mille francs. Toute proportion gardée,
c'est comme si l'on obligeait la commune de
Romainville à verser cinq cents mille francs à la
caisse des contributions directes. Après s'être
longtemps fouillés, les habitants de Khosrew
reconnurent qu'ils ne pourraient pas même réunir cent francs. On n'amasse pas à Khosrew ;
la caisse d'épargne de la localité c'est le grenier
où l'on conserve les fruits, c'est la cave où l'on
enferme le vin. Cependant il fallait payer les
cinq mille francs. On ne plaisante pas avec les édits
de l'empereur, et d'un empereur qui dépense
quelquefois trente mille francs, six Khosrew
à son dîner. Où trouver des amis plus humains
que les Russes pour emprunter la somme et
qu'offrir pour gage de l'emprunt? Il n'y a que
les rois nègres et les rois grecs qui empruntent
sans fournir de caution. Il est vrai qu'ils ne
rendent jamais. Les pauvres habitants de Khosrew s'adressèrent à leurs ennemis naturels, les

Musulmans. « Nous sommes catholiques, leur
dirent-ils, et vous êtes mahométans ; prêtez-nous
cinq mille francs. » — « Nous vous les prêterons,
répondirent les Turcs ; mais, jusqu'à ce que vous
nous les ayez rendus, nous garderons en gage
vos champs, et, de plus, vous, vos femmes et vos
enfants serez nos esclaves. » Les habitants de
Khosrew consentirent. Quelle sort leur aurait
donc réservé les Russes s'ils ne les avaient pas
payés, puisque, pour acquitter cette effroyable
contribution, ils se condamnaient tous à devenir
esclaves ?

Le lendemain, les collecteurs de S. M. l'empereur de toutes les Russies touchèrent la somme
exigée par le gouvernement de leur gracieux
souverain. Les habitants de Khosrew s'assirent
silencieusement devant leurs portes, en désirant,
comme dit le grand poëte Hugo, de s'en *aller
dans les étoiles*, où il n'y a pas de garnison russe,
il faut du moins l'espérer. Ce soir-là on fut bien
triste à Khosrew : pas de café bu sous les platanes,
pas de tabac réduit en nuage violet, pas de chant
pour endormir les enfants ; les enfants ne dor-
miront pas. Ce sont nos anges : quand nous souf-
frons, ils veillent. Douloureuse obsession ! Comment rendre bientôt les cinq mille francs aux

musulmans? à qui s'adresser? Les habitants de
Khosrew épuisèrent tous les noms de pays que
leur mémoire leur suscita. Les Anglais ! si on
tendait la main aux Anglais? Ils sont si blonds!
Non, les tyrans de l'Inde n'écouteraient pas les
plaintes des malheureux Persans; on n'est pas
impitoyable d'un côté du soleil et généreux de
l'autre. Les Espagnols? Pauvres, très-pauvres.
D'ailleurs, où est l'Espagne? Dans quel pays la
trouve-t-on? L'Italie? mais qui donc à cinq mille
francs en Italie, excepté le banquier Torlonia?
Nous serons toujours esclaves, s'accordèrent à
dire avec désespoir les pauvres emprunteurs
persans.

Au dessus des soupirs de tous ces chrétiens
s'éleva une voix isolée qui dit : « *Il y avait une
« fois un Français...* » Tout à coup les douleurs
firent silence. Le conte commençait. Les pleurs
s'arrêtèrent au bord des paupières, les jeunes
gens s'assirent en cercle autour du Boccace oriental, et les enfants le regardèrent avec une curiosité naïve par dessus les brunes épaules de leurs
mères qui écoutaient.

« Il y avait une fois un Français qui vint à
Khosrew, il y a trente ans. Mon père le reçut : il

5

s'assit sous notre acacia, but notre lait, mangea nos fruits pendant quelques jours. Si nous faisions parvenir nos plaintes à ce Français, peut-être nous tirerait-il de l'abîme où nous roulons. — Le nom de ce Français? demanda-t-on précipitamment au conteur. — Je l'ignore. — Dans quelle ville de France est-il retourné? — Je l'ignore. »

Le conteur poursuivit : « Pourquoi trois de nous ne se devoueraient-ils pas et n'iraient-ils pas en France à la recherche de ce Français? »

Naïve candeur orientale! Aller à la recherche d'un Français dont on ne sait ni le nom ni la ville, passé en Perse il y a trente ans.

Trois d'entre eux se levèrent et dirent : « Nous partirons demain pour la France. Si nous ne trouvons pas le Français, nous trouverons peut-être la France, et nous lui dirons : Il y a trente ans qu'un des vôtres reçut l'hospitalité chez nous... prêtez-nous cinq mille francs si vous ne voulez pas que nous, nos femmes et nos pauvres enfants nous soyons esclaves tout le reste de notre vie. »

Voici leurs noms : David, fils de Gabriel;

Kyril, fils de Joussouf, et Joussouf fils de Jouana.
— Que la postérité se souvienne.

Vous supposez aisément que ces trois hommes
de cœur n'avaient pas cinq mille francs dans
leurs poches quand, quelques jours après, ils
quittèrent Khosrew pour venir en France, de
désert en désert. Ils n'avaient sur eux que la
pièce d'or pur qui a cours dans tous les âges, celle
que Colomb avait dans sa main quand il sortit
d'un faubourg de Gênes pour s'acheminer vers
Madrid; cette pièce d'or, c'est la foi!

« Dirigeons-nous vers le couchant, se dirent-
ils; là est notre Français. » Ils parlaient de cet
homme mystérieux comme du gisement d'un
monde. Ils franchirent les confins de la Perse,
après avoir côtoyé une partie de la mer Caspienne, et pénétrèrent dans la Turquie d'Asie
par l'Anatolie. Là, ils se consultèrent pour savoir
s'ils entreraient en Europe en traversant la mer
Noire ou la chaîne du Caucase. La raison qui dut
les décider à prendre cette dernière voie fut l'espoir de fouler plus tôt une contrée chrétienne :
derrière les montagnes du Caucase pointent déjà
les croix d'or des églises arméniennes de Stav-
ropol, de Mozdock et de Kizliar, tandis que der-

rière Constantinople, les villes à croissants se
pressent et vont loin. Dire les lambeaux d'habits
et de chair qu'ils laissèrent en route pour parvenir jusqu'à des bourgades mi-européennes, mi-
asiatiques, serait une tâche difficile. Hormis les
voleurs, ils eurent tout à craindre. Que leur
auraient pris les voleurs? Il faut croire que la
pensée de ces hommes d'un autre âge était de
rencontrer dans quelque ville épiscopale de la
Russie un secours assez effectif pour gagner la
France par le chemin désormais le moins long,
c'est-à-dire par la mer. Mais dans ces villes,
pleines pourtant d'évêques écrasés de richesses,
d'églises somptueuses, de maisons de missionnaires pour tous les pays livrés aux infidèles,
nos trois malheureux Persans ne reçurent que
de légères aumônes, avec lesquelles ils pouvaient
tout au plus se traîner d'une ville à l'autre sans
mourir d'inanition. Deux pensées les soutenaient
lorsqu'ils regardaient le côté d'où le soleil se lève
et le côté où il se couche : à l'Orient, leurs frères
qui les attendaient pour n'être pas toujours
esclaves; à l'Occident, le Français qui avait passé
à Khosrew, en Perse, il y avait trente ans.
Bon courage! Ils essuyaient le sang de leurs
pieds, la sueur de leurs fronts, et ils marchaient,

ne mangeant que du pain, quand ils mangeaient,
ne buvant que de l'eau. Ils traversèrent Kharkow,
où fleurit un séminaire ecclésiastique ; Akhtyrka,
où une image de la Vierge attire tous les ans,
disent les géographes, une foule de pélerins.
Cette Vierge fait toutes sortes de miracles, excepté
celui, il faut le supposer, d'inspirer aux sémi-
naristes de Kharkow la bonne idée de se cotiser
pour donner cinq mille francs à des chrétiens
de la Perse sous le joug de l'esclavage. L'Ukraine
est déjà derrière eux, la fertile Ukraine, — comme
si quelque contrée était fertile pour celui qui n'a
pas de quoi payer son pain et son lit ! Leur lit, c'est
le bord du torrent, la prairie humide ou le roc
anguleux. Dieu envoie la pâture aux petits des
oiseaux, a dit la sainte poésie ; mais là où il n'y
a pas même d'oiseaux !...

Je me les figure tous les trois, le front nu,
debout au milieu des steppes, par un vent froid,
cherchant du cœur et du regard le point de l'horizon où peut palpiter la France ; puis se couchant dans la neige, et se disant, pour s'encourager : «Frères, nous n'en sommes plus qu'à douze
cents lieues. » Ils avaient traversé le Don ; le
Dnieper ne les arrêtera pas ; la capitale du gouvernement de Minsk les voit errer dans ses rues

populeuses. Minsk ne peut rien pour eux : elle a un évêque catholique et un archevêque russe à entretenir brillamment. D'ailleurs, les deux rites seraient en délicatesse si l'un des deux se montrait généreux. Il ne faut pas que les deux religions se brouillent sur une simple question de charité.

Tout atteste qu'après leur séjour à Minsk les trois pélerins persans n'avaient pas plus d'argent qu'en quittant Kharkow, et pourtant jamais ils n'en avaient eu un besoin plus grand, car le moment était venu de gagner Dantzick et de s'y embarquer pour le Havre, ou de remonter encore à pied vers le nord de la Russie, avec le faible espoir de recevoir des aumônes moins insuffisantes, afin de se rendre en France, s'il était écrit qu'ils devaient l'aborder un jour. — C'était à l'argent à décider : ils n'avaient pas d'argent; ils n'avaient ni assez pour aller à Dantzick, ni de quoi payer leur passage de Dantzick à un port de France. Triste situation! Être obligé de s'éloigner du but où l'on tend quand il ne reste plus que quelques pas à faire pour l'atteindre! Pour se rendre à Paris ils sont obligés de se diriger vers Saint-Pétersbourg, rêvant que la munificence d'une capitale les remettra sur le chemin de l'autre capitale. Que de jours dévorés dans ces marches prodigieuses, et sur lesquelles ils reviennent comme si elles n'étaient pas assez longues. Pendant ces semaines et ces mois de retard, quel sort les prêteurs musulmans ont-ils ménagé aux malheureux habitants en gage, à cette déplorable population mise tout entière au Mont-de-Piété? Des dévouements ordinaires auraient renoncé à la tâche. Après tout, Dieu a aussi son devoir à remplir. Nos trois Persans ne laissèrent pas s'évanouir leur énergie dans des raisonnements philosophiques; ils poussèrent vers Saint-Pétersbourg, où ils arrivèrent enfin. Quelle sérieuse attention pouvait porter sur trois hommes, dont le costume n'était pas même une étrangeté, une ville remplie de gens de toutes les nations, vêtus de tous les costumes, bigarrés de toutes les religions, Tartares, Kalmoucks, Lapons, Chinois, et tous d'ailleurs plus ou moins esclaves de la Russie, ayant assez à souffrir de leur abaissement particulier pour ne pas s'occuper des infortunes de trois Persans perdus dans la foule? Et quelle idée, d'ailleurs, de demander à la Russie la somme d'argent nécessaire pour se racheter de la Russie.

Saint-Pétersbourg leur délivrera un passeport.

La cité de Pierre le Grand se borna envers eux à cet acte de haute prodigalité.

Ils se remettent de nouveau en route vers le point du monde où respire le Français en qui seul, plus que jamais, ils espèrent; c'est leur croix du Sud.

Chaque pas qu'ils font les rapproche de la mer Baltique, et la mer touche à tout. Ils sont dans le gouvernement de Wilna, dans Wilna même, la ville opulente, berceau des Jagellons, où l'on admire le cercueil de saint Kasimir, bloc d'argent dont le poids excède 3,000 livres. Ce ne doit pas être de bon argent : les Russes, en haine des Polonais, l'auraient depuis longtemps converti en monnaie.

Après tant de fatigues, de privations, de douleurs, une douleur plus grande les attendait à Wilna. Cela paraît incroyable. Lorsqu'ils quittèrent Khosrew, les pauvres Persans portaient avec eux une attestation signée de leur évêque, affirmant qu'ils étaient bien Persans et réellement envoyés par les habitants de l'endroit, afin de recueillir, à travers la chrétienté, de quoi se racheter des musulmans. Leur profonde misère était parfaitement en règle. Jusqu'à Wilna, cette pièce les avait aidés à franchir mille lieues

de police russe : à Wilna ils perdent leur sauf-con-
duit ! comment prouver qu'ils sont Persans ? En
parlant persan, dira-t-on. Ceci est bon à objecter
à la police des îles Sandwich, mais à la police
russe ! Ils seraient probablement restés en prison comme espions, sans une circonstance particulière. Transcrivons d'abord la pièce qui re-
connaît l'identité des trois voyageurs.

« La préfecture de police de Wilna certifie
par les présentes que les nommés Joseph Iwa-
noff, David Gavriloff et Kiril Iouçouff, catholiques, sujets persans, ont obtenu du bureau
de police du 2e arrondissement un certificat
délivré le 17 du courant, n° 3,246, duquel il
appert que lesdits catholiques étaient porteurs
des lettres de leurs autorités faisant savoir
que les Persans catholiques étaient retenus et
emprisonnés par les Turcs, par suite de l'impossibilité ou ils se trouvaient de payer les impôts exigés. Ces lettres, les catholiques les ont
perdues dans la ville de Wilna. En foi de quoi
les présentes leur ont été délivrées et scellées du
sceau officiel.

« Wilna, ce 19 juin 1838.

« *Le préfet de police, major* SEREBENN.

On remarquera la tournure ingénieusement tronquée de cette phrase : *Par suite de l'impossibilité de payer les impôts exigés.* — Exigés par qui? — Ajoutons *par la Russie* et continuons. On n'expliquerait pas la générosité de la police de Wilna envers les trois Persans sans cette autre pièce :

« Je soussigné, certifie et porte à la connaissance de tous ceux qui ces présentes verront, que les catholiques de la Perse (porteurs des présentes), munis d'un certificat du bureau de police de Wilna (3e quartier du 2e arrondissement, dit *du Château*), délivré le 14 courant, n° 567, avaient un certificat de leur évêque du rite chaldéen, énonçant que les enfants desdits catholiques étaient retenus et emprisonnés par les autorités persanes, par suite de l'impossibilité où se trouvaient leurs parents d'acquitter les impositions exigées. Je certifie avoir lu le certificat en question, dans notre couvent des Franciscains de Wilna, le 11 courant. Les catholiques porteurs des présentes, l'ayant perdu en traversant le cimetière de notre couvent et la rue Trocka, il est de notre devoir de déclarer qu'ils avaient réellement le certificat de leur évêque. — En foi de quoi je leur ai délivré les présentes, signées de ma main et scellées du sceau de notre communauté. — Le 15 juin 1838.

« TIMOTHÉE JOSEFOWIGZ,

« Prieur des Franciscains de Wilna (L. S.).

« *Pour l'authenticité de la signature ci-dessus,*

« CYNRISKI, évêque,

« Prélat doyen de la cathédrale de Wilna, administrateur du diocèse de Wilna (L. S.).»

Ce certificat, sans lequel ces infortunés n'auraient pas pu prouver même qu'ils étaient esclaves et pauvres, leur permit de traverser la Prusse et de s'arrêter à Berlin. Là, M. F. Bulow, *conseiller intime pour les affaires ecclésiastiques, secrétaire du comité de la société prussienne pour la propagation des missions évangéliques parmi les païens*, dressa un acte d'identité où les beaux noms persans sont défigurés, comme on l'a déjà vu dans les pièces émanées de l'administration de Wilna.

M. le conseiller Bulow ajouta : « Nous n'avons pas pu nous refuser à consigner les déclarations des individus en question, sans cependant nous porter garant de leur véracité. OHNE JEDOCH

DIE WAHREIT DERSELBEN VERTRETEN. »
M. le conseiller ne les trouvait pas apparemment
assez persans.

A Berlin comme à Paris, il y a des sociétés
philanthropiques pour adoucir le sort des domestiques, humaniser la puissance des maîtres,
ces scélérats de maîtres ! pour appeler la pitié sur
la situation des animaux ; mais il n'en est point
dans le but de racheter les esclaves persans. —
Ceux en question, ainsi que les qualifiait M. le
conseiller intime, n'entrant dans aucune des
catégories assignées et prévues, n'éprouvèrent
donc aucun adoucissement à leur sort. Et pourtant Berlin, il faut le dire, est la ville qui se
vante d'avoir le plus de poètes sachant le persan. A les en croire, Sâdi est né au moins à
Kœnisberg, et il avait en vue *Unter den Linden*
quand il écrivit son charmant poëme des *Roses*.

La dernière pièce citée et signée du conseiller
nécessairement intime, est du 24 août 1838. En
un peu plus de deux mois, les trois Persans
avaient mis entre eux et la Prusse, le Hanovre,
la Westphalie et les Pays-Bas. Ils virent la mer !

Ils ne connaissaient encore que le mépris des
peuples continentaux : il leur restait à essuyer
le plus grand des mépris, l'indifférence des mar-

chands et des brocanteurs de la Grande-Bretagne.
A-t-on le temps d'avoir de la pitié pour des
Persans, à Londres? Le temps, en Angleterre
c'est de l'argent (*times is money*). Le temps est un
moteur de la force de cinq cent mille chevaux.
Vous êtes des Persans, et vous vous plaignez!
Si vous étiez irlandais, que diriez-vous? Vous
ne connaissez pas votre bonheur. Partez! Enfin,
un jour du mois de novembre, ils tombèrent
tous les trois à genoux dans la poussière d'une
grande route, au bout de laquelle ils aperce-
vaient des tours, des dômes et des croix. Ils firent
un signe interrogatif à un passant, qui leur dit:
« Paris. » Ils l'avaient deviné. Tout était oublié:
la faim, le froid, la chaleur, le mépris, la fatigue, le désespoir : Paris était là, au bout de
leurs pieds saignants, aux bords de leurs paupières baignées de larmes, devant leurs cœurs
émus! Ils se prirent par la main, et, comme il
est dit qu'on entrera dans le paradis entre les
deux personnes qu'on aura le plus aimées, ils
entrèrent dans Paris.

Chaque habitant qui passait près d'eux était
le Français qu'ils venaient chercher de si loin,
ou l'un de ses parents. — Au bout d'une heure de
marche, ils commencèrent à douter de la facilité de

le rencontrer si vite, tant autour d'eux les visages
passaient et se renouvelaient avec la rapidité des
reflets d'un miroir. Pourquoi ne le demande-
raient-ils pas? Légère difficulté : ils ne savaient
pas son nom. Voyez-vous un Parisien à qui l'on
demande, en pur persan, l'adresse d'un habitant
dont on ne sait pas même le nom !

En Perse on se meut lentement, on va à pied,
on marche peu et avec gravité ; les habitants ne
se rencontrent jamais sans se souhaiter des milliers de bénédictions pour eux, leurs ascendants
et leurs descendants ; mais, à Paris, qui s'arrête?
qui a le loisir de répandre des bénédictions? On
s'y bénit peu.

Nos Persans avaient la tête perdue au milieu
de ces cabriolets féroces, de ces chevaux aveugles
dans leur élan, de ces piétons plus aveugles que
les chevaux. Où aller ! à qui parler? où s'arrêter?
Découvrez un Français qui a visité la Perse il y
a trente ans parmi les neuf cent mille Français
qui montent, descendent, s'accrochent, qui par-
tent, qui reviennent! Est-ce celui qui monte en
diligence pour l'Angleterre? Est-ce celui qu'on
conduit au Père-Lachaise? On meurt, en trente
ans.

Je ne sais trop comment ils se trouvèrent le

même jour dans un hôtel du faubourg Saint-Marceau, entre quatre murs, je ne dirai pas nus, mais, ce qui est plus affreux, ayant une tapisserie. Vous ignorez sans doute les difformités physiques et morales de ces maisons dont l'escalier boîte, où le jour a la jaunisse, dont les meubles ont des rhumatismes, car ils sont voûtés et crient sans cesse, où les siéges sont culs-de-jatte, et d'où la vue se porte, pour s'y aplatir, sur la maison voisine, agrément semblable à celui d'une prison qui aurait pour vis-à-vis un cimetière.

Ils entrèrent en jouissance du logement, *jouissance!* mot créé par les propriétaires. Les voilà donc installés dans cette caverne horrible, eux les enfants du soleil, de ce pays féerique qui roule des perles, au dire des poètes, dans le sable de ses mers; où les légendes ruissellent des merveilles sans fin; où a fleuri, comme un produit du sol, ce livre tout d'or et d'enchantement qu'on appelle *les Mille et une Nuits.* Les temps sont donc bien changés! N'était-ce pas assez qu'un triste enseigne de vaisseau nous eût tué *Paul et Virginie* dans je ne sais quel rapport atrocement authentique qui nie leur existence? Et avoir tant pleuré sur l'église des Pamplemousses! N'était-ce pas assez qu'un autre voyageur, du même caractère, nous eût prouvé que Robinson Crusoé n'avait jamais fait naufrage? L'Orient, dont on nous a bercés, avait des arbres qui chantent, qui s'ouvrent, et dans lesquels on descend pour remonter avec des tonnes d'or, des tapis qui, en un clin d'œil, vous transportent où vous le désirez, et des roses dont le parfum rappelle les morts à la vie : le voilà qui vient vers notre pauvre et glacial Occident pour implorer sa pitié et sa miséricorde! L'Orient en personne traverse la Turquie, la Russie et l'Allemagne, pour nous dire : « Les perles, les tapis, les roses et les diamants ont menti : La charité, s'il vous plaît! »

Pendant que les envoyés de Khosrew appuyaient leurs fronts contre les murs de leur infecte demeure, leurs frères qui hâtaient déjà leur retour, montaient sur les plus hauts arbres pour voir s'ils ne revenaient pas; chaque matin ils arrosaient d'espérance l'arbre de l'attente, si lent à fleurir, et chaque soir il leur semblait le voir se dessécher et mourir. Par quelle voie connaître leur sort? vivaient-ils encore? avaient-ils vu le Français? La nuit on croisait les petites mains aux enfants et on leur disait : « Priez, petits enfants, si vous ne voulez pas être toujours esclaves,

pour que David, fils de Gabriel, Kyril, fils de
Joussouf, et Joussouf, fils de Jouana, décou-
vrent le Français venu à Khosrew, il y a trente
ans. »

Un jour, un homme pousse la porte de la
chambre où languissaient les trois martyrs. Cet
homme parle aux Persans; ceux-ci se lèvent
et lui disent : « Vous ne pouvez être que le Français que nous attendons. »

C'était lui. — Dans un récit aussi simple et
aussi extraordinaire, destiné à traverser les âges
de la mémoire, sous des formes que l'art saura
lui donner, et que nous n'attendions pas de
nous, le caprice du style ne doit pas un seul
instant altérer les pures et grandes lignes de la
vérité.

Ce Français du miracle avait été appelé auprès des voyageurs persans, comme étant seul
capable de se faire expliquer officiellement le
motif de leur présence à Paris. C'était M. Jouannin, le célèbre orientaliste. En 1809, en visitant
la Perse, il avait séjourné à Khosrew, ce qu'il
rappelle lui-même dans son rapport, que nous
transcrivons ici pour compléter la série des pièces
justificatives d'une des plus touchantes histoires
de l'époque :

« Le premier secrétaire, interprète du roi pour
les langues orientales, ancien premier drogman
et chargé d'affaires de la légation de France en
Perse (1806-1810), ex-premier drogman de l'am-
bassade de France à Constantinople, chevalier de
l'ordre royal de la Légion d'honneur, de celui
du Soleil de Perse de seconde classe, et décoré
du Nichan-Iftikar de Turquie,

« Déclare que les nommés David, fils de Gabriel, Kyril, fils de Joussouf, et Joussouf, fils de
Jouana, porteurs de passeports délivrés par le
général comte Essen, gouverneur de Saint-
Pétersbourg, et de trois certificats en polonais,
en russe et en allemand, dont la copie et la traduction se trouvent ci-annexées, sont bien catholiques, de nation chaldéenne, nés dans le village
de Khosrew, dépendant du canton de Selmas,
ancienne ville épiscopale de Médie (aujourd'hui
Azèrbâïdjân); que le plus âgé, fils de Gabriel, a
servi plusieurs années, en qualité de palefrenier,
chez MM. Franchini frères, anciens drogmans de
France et de Russie à Constantinople.

« Qu'après avoir interrogé lesdits voyageurs
sur le but de leur venue en la chrétienté, et bien
examiné et confronté leurs déclarations, le soussigné considère comme positif qu'ils ne sont

sortis de leur pays natal qu'avec une patente de l'évêque, et dans l'espérance de recueillir de la charité des catholiques occidentaux d'assez abondantes aumônes pour couvrir une dette de 330 tomans, argent de Perse, équivalant à environ cinq mille francs ; dette contractée en engageant aux créanciers musulmans leurs champs et même leurs familles, afin d'acquitter l'impôt extraordinaire frappé sur les provinces du royaume de Perse pour payer aux Russes les frais de la guerre, conformément au traité de Turkmen-Tchaï en 1828.

« Le soussigné croit pouvoir ajouter qu'ayant visité lui - même le village de Khosrew en septembre 1809 , il ne parle de cette population catholique qu'avec connaissance de cause.

« Fait à Paris, le 12 novembre 1838.

« JOUANNIN. »

Les trois Persans avaient donc, réalisant deux miracles, trouvé la France et le Français ; mais les cinq mille francs ? C'était le troisième miracle, le plus difficile de tous.

Entre le vieux faubourg Saint-Jacques et le vieux faubourg Saint-Marceau, aux alentours du

plateau de Sainte-Geneviève et de Saint-Etienne-
du-Mont, sur le versant scabreux de cette hauteur
dominée autrefois par les gigantesques construc-
tions de l'abbaye Saint-Victor, à l'ombre d'anciens murs de cloîtres, dont les ruines verdâtres
se sont cimentées à des murs nouveaux, dans des
maisons silencieuses et pâles comme des tombes,
vit, respire et prie une population douce, savante et religieuse, mais douce comme la tristesse, savante comme la Sorbonne qui l'avoisine,
religieuse comme le Jansénisme, — avec une
fière austérité. C'est être bien généreux que de
placer cette nation à part sous le règne de
Louis XIV, comme physionomie morale. L'élé-
ment scolastique l'assombrit de toute sa vétusté.
L'Irlande et l'Écosse y sont représentées par deux
rues et deux colléges : *collége des Escossois, collége
des Irlandois.* La science universelle y a laissé
en partant la pitié universelle. C'est peut-être
l'endroit de Paris où il y a le plus d'honnêtes
gens.

Dès que M. le curé de Saint-Etienne-du-Mont,
sur la paroisse duquel se trouve l'hôtel qu'occupaient les Persans, eut connaissance de leur affreux
dénuement, il les recommanda à l'humanité de
ses paroissiens. C'était les sauver. L'or tomba de

toutes les mains ; on les logea bien, on les habilla
à neuf selon la mode de leur pays. Bientôt la santé,
le courage et l'espoir brillèrent sur leurs belles
figures orientales. De leur côté, ils inspirèrent
par leur conduite un tel intérêt, que deux familles étrangères au quartier ayant voulu les
accueillir et les garder à frais communs pendant un temps illimité, plusieurs paroissiens de
Saint-Etienne-du-Mont prièrent instamment
leur curé de les retenir, et donnèrent comme
garantie d'une préférence méritée des avances
considérables.

Le bonheur ne rendit pas leur mémoire in-
grate : leurs compatriotes étaient toujours présents à leur souvenir. Sous les auspices du curé
de Saint-Etienne-du-Mont, une souscription
s'ouvrit, et des sommes assez fortes furent en-
voyées de Paris et de la province. Le roi donna
cinq cents francs, et la reine, le duc et la du-
chesse d'Orléans, madame Adélaïde envoyèrent
chacun cent francs. A ces dons se joignit celui
d'une dame qui avait mis un tableau en loterie,
dont le produit fut de six cents francs.

Pendant leur séjour, qui fut de six mois, ils
étudièrent le français : ils parvinrent à le parler
assez bien pour converser avec les personnes de

leur intimité. M. Jouannin, leur premier libérateur, voulut les présenter à l'ambassadeur de Perse
en Angleterre. Ce grand personnage, qui était
alors à Paris, parut touché de l'accueil fait à des
sujets de son souverain, et il promit d'intercé-
der pour eux auprès du Pape quand sa tournée
diplomatique le conduirait à Rome. Descendant
des anciens rois de Médie, et pouvant étendre
son autorité bienfaisante jusque sur le pays des
trois Persans, voisin du sien, il les assura de sa
protection s'ils la réclamaient jamais à leur retour en Perse.

 Quand ces longues vicissitudes ne rallieraient
pas toute notre sympathie autour des trois têtes
de ces pauvres étrangers, nous n'aurions pas le
droit, à moins de nier la valeur des faits, de ne
pas voir dans le commencement, le milieu et la
fin de cette histoire, fin significative et que nous
allons raconter, le triomphe de cette rare et belle
vertu qu'on nomme la constance et la supério-
rité morale de la France sur toutes les autres
nations.

Depuis Louis XIV, cette France, toujours
calomniée comme tout ce qui a du génie; mais,
comme tout ce qui a du génie, plus forte que
la calomnie, a ouvert ses portes à chaque infor-

tune, grande ou petite, couronnée ou à pied, cou-
verte du manteau royal ou de la boue des grands
chemins. Depuis Jacques II, à qui nous don-
nâmes un palais, une flotte et une tombe, jusqu'aux trois Persans, hommes obscurs d'un obscur village, Italiens, Espagnols, Écossais, Amé-
ricains, Indiens, Polonais, tous ont mangé notre
pain, et nous les en avons remerciés en les priant
de revenir chaque fois qu'un d'eux recevrait un
affront, éprouverait une injustice, verrait sa vie
en danger. Droit d'asile pour tous ! Recouvrez
toute espérance, vous qui entrez !

Douloureux voyage ! glorieux retour ! Quatre
mille francs furent expédiés aux missionnaires de
Saint-Lazare, à Constantinople. C'est à Constantinople, terme rapproché de leur retour chez
eux, que les trois Persans devaient toucher cette
somme, fruit sublime de la charité française, de
la piété parisienne. Sans exciter la cupidité des
voleurs de grands chemins on ne pouvait confier
les quatre mille francs à nos voyageurs, qui se
rendirent à Rome, mêlant le nom de la France
à ce qu'il y a de meilleur, de plus saint, de plus
généreux après Dieu.

Ils partirent de Paris en juin ; leur voyage fut
payé jusqu'à Lyon. On leur remit des lettres pour

d'anciens membres de la Société de Saint-Vincent, qui ouvrirent une souscription pour eux. Elle s'éleva à six cents francs. Ainsi Lyon acquitta sa dette ; Marseille aussi. L'opulente cité de l'immortel Belzunce fournit aux trois Persans les moyens d'aller jusqu'à Rome, où ils devaient rencontrer, parmi les missionnaires pour la *propagation de la foi,* trois de leurs parents nés en Perse.

M. le curé de Saint-Étienne-du-Mont reçut bientôt de Rome et de la maison des Missions *pour la propagation de la foi* que nous venons de citer, une lettre qu'il voulut bien nous confier. Elle est datée du 25 juin. Nous en donnons ici la traduction.

« Révérend Père, trois de mes parents sont arrivés à Rome. Ils ont de grandes grâces à vous rendre pour l'humanité que vous et M. Jouannin, interprète des langues orientales à Paris, avez montrée à leur égard. Vous leur avez promis l'un et l'autre, disent-ils, qu'ils toucheraient à Constantinople, et chez les Lazaristes, l'argent que vous avez recueilli pour eux à Paris ; mais, comme ils n'ont aucune lettre à présenter aux personnes chargées de leur compter la somme,

ils désirent que vous leur indiquiez par quel
moyen ils seront admis à faire valoir leurs droits.
Ils ont dit cela, afin qu'à notre tour nous vous
en fissions part.

« *Devotissimi in christo filii,*

« GEORGIUS, BAR, SCINIDE, DIHA, BAR, JONA,
JOSEPHUS, GURIL. »

Cependant la population de Khosrew était encore
esclave, car il ne s'était pas écoulé un temps assez
long pour que les trois compatriotes dévoués
eussent pu se rendre de Rome à Constantinople.
Fussent-ils arrivés immédiatement à Constantinople, leur immense tâche de rédemption n'aurait pas été remplie ; mille francs manquaient
encore à la somme ; un peu plus de mille francs :
les musulmans connaissant trop les usages pour
ne pas se faire payer les intérêts. Sans ces mille
francs, ils auraient gardé en otage la petite population persane ; sans ces mille francs, les quatre
mille francs auraient été considérés comme non
avenus. Devait-on laisser aux étrangers le mérite
d'achever ce que la France avait si bien entamé ?
Dans un pays où quelques-uns seulement avaient
donné quatre mille francs, tous les autres réunis

n'auraient-ils pas trouvé encore mille francs?

Cette question si simple, et dont la solution n'était pas douteuse, un homme habile se la posa. Dans le but difficile, mais non impossible de conquérir ce dernier billet de mille francs, il ouvrit une loterie au profit de la rédemption des habitants de Khosrew. Vous devinez à quelles âmes sa voix fit un appel, qui fut entendu.

En France, et à Paris surtout, il est une classe de gens qui donne toujours, par la bonne raison qu'elle n'a rien ou à peu près rien. Expliquonsnous sans paradoxe. Ces gens n'ont ni hôtels, ni campagnes, ni fermes, ni rentes sur l'Etat. Ils battent durement monnaie avec leur front. L'un prend une feuille de papier, la raie, y jette une pluie de notes de musique et quelques larmes, et en un jour il a gagné vingt louis; l'autre emplit de glaise un baquet, la mouille avec deux verres d'eau, la pétrit, la morcelle, la pince, la tord, et il a créé une statue, cinquante louis; celui-là revêt un habit de roi ou de mendiant, s'arrange, se peint le visage, et vous parle pendant une heure à la lueur du gaz, vingt-cinq louis; hommes de cœur, femmes inspirées, créatures divines dont l'âme tue le corps de bonne heure;

c'est le peuple des artistes, le véritable peuple-
roi.

Tous ceux d'entre eux qui connurent ce projet
de loterie, portèrent sur l'heure ou une statue,
ou un tableau, ou un morceau de musique iné-
dit, ou un autographe. On doit à la postérité
reconnaissante les noms des artistes qui donnèrent les premiers. Ce furent Etex, Bra, Feu-
chères, Ballanche, David, Gigoux, Keller, Fer-
rogio, Meyerbeer (romance inédite), Paër
(romance inédite), Niedermayer (romance inédite), Lamartine (*Dieu en Orient*), Soumet (poésie inédite), Gabrielle d'Attenhem (née Soumet),
Brizeux, Antony Deschamps, Émile Deschamps,
Ary Scheffer (*le docteur Faust*, peinture à l'huile),
Gavarny, Tony-Johannot (une aquarelle), Français, Lorentz, Olivier, Mme Leman, Boissart,
Guiraud, de l'Académie française (poésie inédite),
Spontini (romance inédite), Henri Monnier, ce
spirituel écrivain, ce spirituel dessinateur, ce
spirituel comédien (*Intérieur des coulisses*, aquarelle), Buchez, Caudron, Jadin, Gayrard, Hauser,
Verdier (*une Vierge*, peinture à l'huile), etc.

L'exemple avait été donné; il fut suivi et
suivi par tous.

J'avais dit, et j'eus le bonheur d'être écouté :

« Le premier qui donna avait un cœur ; le pre-
« mier qui ne donna pas avait de la réflexion. Si
« vous avez de la renommée, envoyez une œuvre ;
« si vous avez de l'humanité, ce qui vaut bien
« la renommée, défaites - vous d'une curiosité
« luxueuse dont vos yeux sont las. Regardez au-
« tour de vous, plus loin, dans l'autre pièce, il y
« a un vieux service de Sèvres que votre chat
« brisera un jour ; ces six tasses auxquelles vous
« ne touchez pas rachèteront une mère et son
« enfant. On les ferait travailler toute leur vie au
« soleil, qui est si chaud en Perse ; par vous, ils
« seront libres ; il vous en aura coûté un cabaret
« en porcelaine ! Deux perles de moins à votre
« collier, mademoiselle ! Deux brillants de moins
« à votre bracelet, madame ! Je m'adresse à qui
« m'entend : à une comtesse, à une bourgeoise,
« à toutes les femmes ; car n'êtes-vous pas toutes
« sœurs par la charité ?

« Jeunes amis qu'enferment les murs d'un col-
« lége, vous n'êtes pas riches, vous n'avez encore
« ni coffres-forts, ni galeries de tableaux ; mais
« vous pouvez, en vous cotisant, prendre un bil-
« let de cinq francs. Si vous gagniez une page
« d'un de nos grands écrivains ou une esquisse
« de Camille Roqueplan ! Dans cinq ans vous sau-

« rez ce que cela vaut, et vous ne regretterez
« pas alors d'avoir gagné.

« Et vous tous, savez-vous la récompense que
« vous aurez peut-être un jour, outre cette ré-
« compense prompte, immédiate, qui enfle le
« cœur au moment d'une action noble et rend
« si heureux qu'on irait volontiers remercier
« l'obligé?

« Si un jour un homme se mourait de soif
« dans un des déserts de la Perse à l'heure de
« midi; si son front était de feu, sa langue
« de feu; si son esprit était égaré par le déses-
« poir de ne pas trouver une source où baigner
« le bord de ses lèvres fendues; si, sous cette
« fournaise chauffée à blanc, un voyageur, pa-
« raissant tout à coup, penchait son outre bénie
« sur la bouche de cet homme, et que cet
« homme fût votre fils!

« Cela peut arriver. Les trois Persans de Khos-
« rew, guidés par le doigt de Dieu, ont trouvé le
« Français qu'ils cherchaient: est-il donc plus
« étonnant de trouver la soif dans le désert? »

Et cet appel, ou plutôt cette prière, fut jetée
sur le grand océan du journalisme, à la surface
duquel tant de choses flottent un jour et dispa-

raissent pour jamais. Mais arrivera-t-elle, me demandais-je, à tant d'oreilles distraites, à tant de regards occupés ailleurs? Et pourtant la parole écrite fut lue, la rançon fut complétée. De tous les miracles, le dernier ne serait-il pas le plus étonnant? On rachète, j'en ai la preuve, mais lit-on encore?

FIN DES TROIS PERSANS.

TABLE DES MATIÈRES

LE CAPITAINE MAUBERT

LES TROIS PERSANS

FIN DE LA TABLE DES MATIÈRES.

Le Mans. — Typ. A. Loger, C.-J. Boulay et C.

C. VANIER, LIBRAIRE-ÉDITEUR

19, rue Lamartine, Paris

EXTRAIT DU CATALOGUE

PUBLICATIONS NOUVELLES

LA

BIBLIOTHÈQUE PARISIENNE

50 centimes le volume

Par MM. Emmanuel Gonzalès, Paul Féval, Michel Masson, G. de La Landelle, Amédée Achard, Léon Gozlan, Albéric Second, Emile de La Bédollière, Moléri, Constant Guéroult, Ponson du Terrail, Jules Claretie, Albert Blanquet, Charles Diguet, Gourdon de Genouillac, Comtesse Dash, Octave Féré, Léon Beauvallet, Camille Périer, etc.

UN VOLUME PAR MOIS.

C'est une heureuse idée d'avoir su condenser dans un élégant format de poche, et en même temps de bibliothèque, les œuvres les plus originales et les plus attrayantes des auteurs aimés du public.

EN VENTE :

LES MIGNONS DE LA LUNE, par Emmanuel Gonzalès.
LES SOIRÉES DE LA MARQUISE, par Paul Féval.
LA FEMME DU RÉFRACTAIRE, par Michel Masson.
UN CORSAIRE SOUS LA TERREUR, par G. de La Landelle.
CLÉMENT TOUSSAINT, par Moléri.
L'INCENDIE DE LA BIRAGUE, par Jules Claretie.
UNE CHAINE DE FLEURS, par Charles Diguet.
LA VIERGE AUX LARMES, par Constant Guéroult.
LE CAPITAINE MAUBERT, par Léon Gozlan.

POUR PARAITRE SUCCESSIVEMENT :

LE FILS DE L'ÉTOUFFEUR, par Turpin de Sansay.
L'AS DE TRÈFLE, par Gourdon de Genouillac.
LA DAME A LA COULEUVRE, par Albert Blanquet.
UNE FEMME EN PÉRIL, par Camille Périer.

LES VACANCES
DE
JACONAS
ODYSSÉE COMIQUE
PAR JEAN-LOUIS TOUTANT
Un vol. in-18, avec gravures, 2 fr.; 2 fr. 30 c. *franco*.

ESQUISSE
D'UNE
PHILOSOPHIE NAÏVE
PAR
ERNEST JONCHÈRE, DE BOUGIVAL
Un vol. in-18 de 400 pages, 1 fr.; 1 fr. 40 c. *franço*.

UNE
VARIÉTÉ DE L'AMOUR
PAR
J.-B. LOUIS BOZONNET
Un joli volume in-18. — 1 fr.; 1 fr. 30 cent. *franco*.
DEUXIÈME ÉDITION.

LES
FICELLES DE PARIS
Par Ch. REBOUX
In-18. — 50 cent.; 65 cent. *franco*. — 2e édition.

LES DÉBUTS DE L'ENFANCE

MÉTHODE

S'adaptant à tous les genres d'épellation, à l'aide de laquelle l'enfant apprend à lire promptement et sans efforts, — contenant en outre des maximes, fables et historiettes à la portée du jeune âge; — le nom du cri des animaux, celui de leurs principaux organes et de leurs habitations dans l'état sauvage et dans l'état privé; — les éléments du système métrique (poids et mesures); — la division des temps; — tables d'addition et de multiplication; — prières, poésies religieuses, etc., etc.

PAR C. VANIER

Membre honoraire de la Société des instituteurs de la Seine, de la Société historique et artistique de Suez, etc., etc.

SIXIÈME ÉDITION

Entièrement refondue, in-18 cartonné, 50 c., 60 c. *franco.*

SOUS PRESSE :

L'AMOUR INFINI !

PAR JACQUES FERNAND

TOME IIIe de ses œuvres, 1 fort vol. in-18, 1 fr.; 1 fr. 50 cent. *franco.*

EN VENTE :

LE TOME 1er, PATRIE ET LIBERTÉ ! — Le TOME II, L'ODYSSÉE DE L'EXIL ! — Chaque partie forme un ouvrage complet.

LES LOISIRS LYRIQUES. Romances, Chansons et Chansonnettes, par Robert DUTERTRE, collaborateur à diverses publications périodiques.

LA GERBE, œuvre collective. 4e année.

SANS RIME NI RAISON, par Jean-Louis TOUTANT.

LIVRES DE FONDS.

A LA POLOGNE! — DIEU LE VEUT! par L.-H. Lizot, rédacteur en chef de la *Fauvette du Nord*. — In-18, 50 cent.

LA MOISSON, poésies, par Achille Millien. — 1 fort vol. in-18.

LA GERBE, œuvre collective, nouvelles et poésies. Première année. — 1 vol. grand in-18, 1 fr. 1 fr. 50 c. franco.

LA GERBE, œuvre collective, nouvelles et poésies. Deuxième année. — 1 vol. grand in-18, 1 fr., 1 fr. 30 c. franco.

LA GERBE, œuvre collective, nouvelles et poésies. Troisième année. — 1 vol. grand in-18, 1 fr., 1 fr. 30 c. franco.

LES NOUVEAUX PAYSANS. Du Sensualisme dans les classes agricoles, par J. Hanriot. Deuxième édition. — 1 vol. in-18, 1 fr., 1 fr. 25 c. franco.

VOYAGE DANS LA VIEILLE FRANCE, avec une Excursion en Angleterre, en Belgique, en Hollande, en Suisse et en Savoie, par JODOCUS SINCERUS, écrivain du XVIIe siècle; traduit du latin par Thalès Bernard. — 1 fort vol. in-18, 3 fr. 50 c., 4 fr. par la poste.

POÉSIES MYSTIQUES, par le même. — 1 fort vol. in-18, 3 fr. 50 c., 4 fr. par la poste.

MANFRED, poëme dramatique; suivi de LARA, conte, par lord Byron, traduit en vers français par M. Hya, du Pontavice de Heussey. — 1 vol. in-18, 2 fr., 2 fr. 25 c. franco.

TORTS ET TRAVERS, fantaisies poétiques par Thévenot. — 1 vol. in-18, 1 fr., 1 fr. 25 c. franco.

ALIDA, in-18. — Au profit de la souscription Henri Mürger, 1 fr., 1 fr. 20 c. franco.

SIAMORA LA DRUIDESSE, ou le Spiritualisme au XVe siècle, par Clément de la Chave. — 1 vol. in-18, 2 fr., 2 fr. 30 c. franco.

MOISE, poëme épique, par M. le comte Anatole de Montesquiou, 2 vol. in-8o. — 2e *édition*. — 7 fr. 50; 8 fr. 50 franco.

LE TABLIER DES FLEURS, par le même, 1 vol. — 2e *édition*. 2 fr. 2 fr. 50 franco.

Le Mans. — Typ. A. Loger, C.-J. Boulay et Ce.

Le volume 50 centimes

BIBLIOTHÈQUE PARISIENNE

PAR MM.

EMMANUEL GONZALÈS, — PAUL FÉVAL,
MICHEL MASSON, — AMÉDÉE ACHARD, — G. DE LA LANDELLE,
LÉON GOZLAN, — ÉMILE DE LA BÉDOLLIÈRE,
ALBÉRIC SECOND, — PONSON DU TERRAIL, — JULES CLARETIE,
MOLÉRI, — CONSTANT GUÉROULT, — CHARLES DIGUET,
TURPIN DE SANSAY, — ALBERT BLANQUET,
COMTESSE DASCH. — GOURDON DE GENOUILLAC,
OCTAVE FÉRÉ, CAMILLE PÉRIER, ETC.

UN VOLUME PAR MOIS

EN VENTE :

1er vol. — LES MIGNONS DE LA LUNE, par Emmanuel Gonzalès.
2e vol. — LES SOIRÉES DE LA MARQUISE, par Paul Féval.
3e vol. — LA FEMME DU RÉFRACTAIRE, par Michel Masson.
4e vol. — UN CORSAIRE SOUS LA TERREUR, par G. de La Landelle.
5e vol. — CLÉMENT TOUSSAINT, par Moléri.
6e vol. — L'INCENDIE DE LA BIRAGUE, par Jules Claretie.
7e vol. — UNE CHAINE DE FLEURS, par Charles Diguet.
8e vol. — LA VIERGE AUX LARMES, par Constant Guéroult.

POUR PARAITRE SUCCESSIVEMENT :

LE FILS DE L'ÉTOUFFEUR, par Turpin de Sansay.
LA DAME A LA COULEUVRE, par Albert Blanquet.
L'AS DE TRÈFLE, par Gourdon de Genouillac.
UNE FEMME EN PÉRIL, par Camille Périer.

LE MANS. — TYP. A. LOGER, G.-J. BOULAY ET Cie.

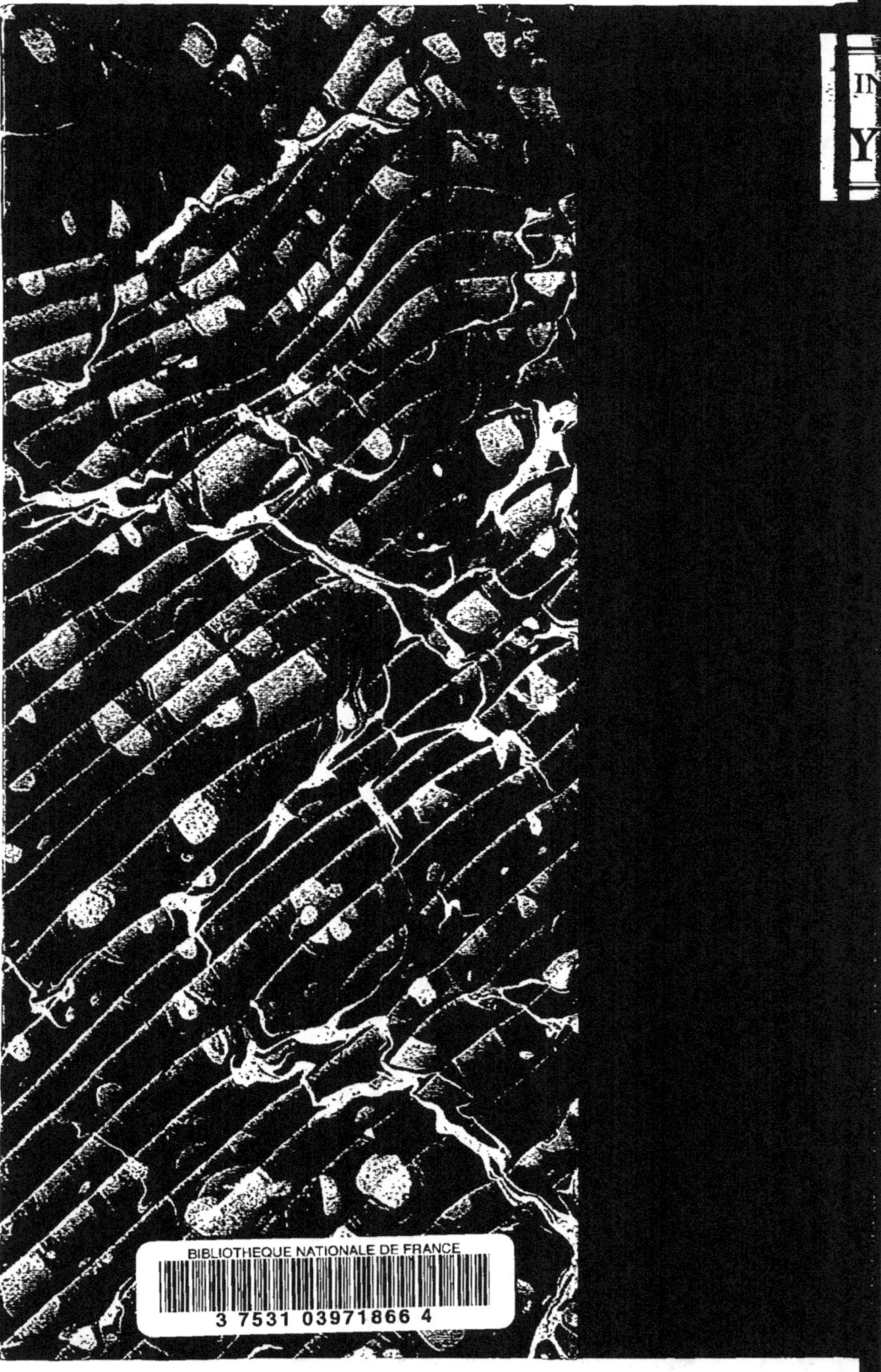